또 다른 우물

국립중앙도서관 출판시도서목록(CIP)

또 다른 우물 : 이경수 수필집 / 지은이: 이경수. -- 서울 :
선우미디어, 2014
    p. ;   cm

ISBN 978-89-5658-366-2 03810 : ₩12000

한국 현대 수필[韓國現代隨筆]

814.7-KDC5
895.745-DDC21   CIP2014009640

또 다른 우물

1판 1쇄 발행 | 2014년 4월 1일

지은이 | 이경수
발행인 | 이선우
펴낸곳 | 도서출판 선우미디어
    등록 | 1997. 8. 7 제300-1997-148호
    110-070 서울시 종로구 새문안로 3길 36, 1435호(내수동 용비어천가)
    ☎ 2272-3351, 3352 팩스: 2272-5540
    sunwoome@hanmail.net
    Printed in Korea ⓒ 2014. 이경수

값 12,000원

※ 이 도서의 국립중앙도서관 출판시도서목록(CIP)은 서지정보유통지원시스템
    홈페이지(http://seoji.nl.go.kr)와
    국가자료공동목록시스템(http://www.nl.go.kr/kolisnet)에서 이용하실 수 있습니다.
    (CIP제어번호:2014009640)

ISBN 89-5658-366-2 03810

또 다른 우물

이경수 수필집

선우미디어 sunwoomedia

책을 내면서

몇 년 전에 좌탁을 샀다.

그 좌탁에 크고 작은 옹이가 열 두어 개쯤 박혀있다.

수필이 뭔지도 모르고 쓰기를 시작해서 등단까지 했다. 그리고 언감생심 이제 책을 출간한다. 그러면서 그 옹이들을 새삼 바라본다.

가지들이 꺾이고 잘려나가면서 남은 줄기가 몸통으로 파고든다. 나무는 상처를 안으로 아물리고 다독여서 제 몸에 옹이를 만든다. 옹이는 언젠가 껍질을 벗기면 자기 모습으로 드러날 또 다른 무늬이다.

나무의 투박한 본질을 옹이에서 느끼며 잃어버린 나의 본성으로 회귀하는 꿈을 꾸기도 한다.

내게 있어 수필쓰기란 내 삶에 박힌 옹이를 찾아 들여다보는 일이다.

크기도 색깔도 나이테도 비슷비슷한 옹이들. 드러내 놓기에 부끄러운 무늬들이지만 나를 서 있게 하고 또 걸어가게 하는 것들이어서, 내게는 하나하나 모두 소중하다. 그리고 이것들이 있어 내 마음이 어디로 가고 싶어 하는지 어렴풋이나마 알아챈다.

그래서 못난이들이지만 한 바구니에 담기로 한다.

먼 곳에서 기꺼이 표지 그림을 그려 보내준 친구 최화임에게 고마운 마음 전한다.

그리고

지금 이 세상에서 나를 가장 행복하게 해 주는 태윤이와 연우에게 ≪또 다른 우물≫을 선사한다.

2014년 초봄에 볏골 묵은 집에서

저자 이정수

| 차례 |

4부 오이지와 무짠지

1부

서랍과 바랑

나목으로 서 있는 그들에게서 무게를 느낀다.
무게를 버리고 무게를 느끼게 하는 것.
그것은 꽃으로 잎으로 열매로 너울너울 누렸던
허울을 내려놓기 위한 성찰과 침묵의 무게이다.
그들의 욕심에
눈살을 찌푸리지 않는 까닭이다.
– 본문 중에서

겨울 산중山中에서

산길을 따라 중턱까지 숨차게 오르면 너른 비탈에 삐죽삐죽 험한 바위들이 보인다. 해발 600미터가 넘는 이곳에 열 채의 집이 바위를 피해 드문드문 터를 잡고 있다. 내가 아저씨라고 부르는 사람도 이곳에 산다.

아저씨는 여름과 겨울 안거安居 때마다 가족과 함께 해인사 원당암을 찾았다. 그러다 아예 거처를 도시에서 산중으로 옮겼고 얼마 전에는 가족선방까지 꾸몄다는 소식이다.

번잡한 일상에서 벗어나고 싶을 때나 상처받은 마음을 위로 받고 싶을 때 나는 이곳 산중 아저씨 댁을 찾아오곤 했는데, 이번엔 순전히 새로 꾸몄다는 선방 때문이다.

행장을 꾸리는데 설레기도 하고 겁도 난다. 가족선방이라 해도 나에겐 낯선 체험이다. 설렘에 들뜨다가도, 하루도 못 견뎌내고 쫓겨나는 것은 아닐까하는 두려운 생각도 든다. 하지만 죽비소리에 이끌리는 마음 또한 어쩌지 못한다.

막바지 비탈길이 끝나는 곳에 아저씨네 집이 있다. 마당으로 올라서니 '精進中정진중'이라고 쓴 표시판이 세워져있다. 그때서야 이곳에 왜 왔는지 깨닫는다. 먼 길 온 핑계로 차 한 잔 마시며 느긋해 하자 아저씨는 이내 선방에 들 것을 독려한다.

아저씨와 그 가족들을 따라 선방에 든다. "따~악 따~악 따~악." 죽비소리이다. 가슴이 뛴다. 이제 망상은 사라지고 고요만 남으리라. 그러면 나는 비로소 나를 만나고 나를 들여다보리라. 그 누구에게도, 그 어느 것에도 방해받지 않는 오붓한 만남이 될 것이다. 거추장스러운 육신은 사라지고 오로지 적적寂寂하고 담담淡淡한 마음만 남아 고요하리라. 그러나 이 모두가 오만한 환상임을 깨닫는 데에 그리 긴 시간이 걸리지 않는다. 관 속에서 일어나 두 팔을 나란히 뻗고 모둠발로 경중경중 뛰는 강시처럼, 시간에 묻힌 까마득한 기억들이 경중경중 머릿속을 휘젓고 다닌다.

어처구니없는 환상에서 깨어나니 몸도 마음도 나부라진다. 창밖의 풍경이 춥고 초라하다. 마당 끝에 서 있는 나무들이 그악스런 겨울바람에 꺾어질 듯 휘청거린다. 그 모습이 잡념에 휘둘리는 내 속내 같다. 하지만 나무는 겉만 흔들릴 뿐이다. 바람 부는 대로 몸을 맡기고 유희를 하듯 흔들다가도 바람이 멎으면 아무 일도 없었던 듯 그 자리에 그대로 서 있다. 뿌리 때문이다. 뿌리는 나무를 나무로 서 있게 하고, 나무로 살아가게 하는 심지心地다.

푸름으로 세상을 덮고 물들일 것 같았던 산이 거무죽죽한 등뼈를 드러낸 채 홀쭉해졌다. 잎으로 풍만하던 나무도 땔나무처럼 말라 있다.

나무도 욕심을 부린다. 들판에 혼자 있는 나무야 욕심을 부린들 상대가 없으니 괜찮지만, 여러 그루가 좁은 터에서 햇볕과 흙과 물을 차지하기 위해 자리다툼하는 것을 보면, 한 치의 양보도 배려도 없다. 그러기에 나무는, 욕심보따리를 비우러 안거에 든 수도승처럼, 욕심의 흔적마저도 비워내느라 겨울이면 알몸으로 칼바람을 견뎌내는 것일 게다. 앙상한 가지의 서슬이 하늘을 찌른다. 금방이라도 '쨍' 하고 하늘에 금이 갈 것만 같다.

나목으로 서 있는 그들에게서 무게를 느낀다. 무게를 버리고 무게를 느끼게 하는 것. 그것은 꽃으로 잎으로 열매로 너울너울 누렸던 허울을 내려놓기 위한 성찰과 침묵의 무게이다. 그들의 욕심에 눈살을 찌푸리지 않는 까닭이다.

올가을 쉰 접의 감을 땄다는 마당 끝 감나무도 칼칼한 바람 속에 빈가지로 서 있다. 어느새 다가와 말을 건다.

"사람아, 당신도 허울을 내려놓아야지."

"그래, 허울….." 하는 순간 "따~악~척" 어깨 위로 죽비가 떨어진다. 죽비소리에 한 줌 허울이 털려 날아간다.

어떻게 알았을까. 내가 딴 생각하는 것을.

토요일은 철야정진이란다.

가부좌를 풀고 저린 다리를 펴며 창가로 가니 눈이 내린다. 한밤중 까만 유리창에 난무하는 눈송이가 선승의 하얀 가사처럼 보인다. 선방에선 죽비소리에 마음이 닦이고 밖에선 소리 없이 내리는 함박눈에 온 누리가 하얗다.

밤새 내린 눈으로 산등성이의 명암이 뚜렷하다. 4B연필로 여러 번 그어댄 듯 굵고 진한 암 봉이 하얗게 쌓인 눈과 어우러져 한결 회화적이다.

마무리 뒤에서 또 다른 시작을 꿈꾸는 무채색 겨울. 그 겨울 한가운데 서 있는 산을 바라보고 또 바라본다. 능선이 들썩거린다. 나무들이 긴 숨을 쉬나보다.

서랍과 바랑

찬바람에 눈까지 내리는 겨울 같은 봄인데도 꽃은 제철을 놓칠세라 저마다 고운 자태를 뽐내고 갔다. 하지만 나는 아직까지 칙칙하고 무거운 겨울옷을 걸치고 있다. 이런 겨울옷은 봄옷과 함께 옷장에도 서랍장에도 버티고 있다. 새봄이라지만 내 머릿속은 묵은 실타래가 들어 있는 듯 뒤숭숭하기만 하다.

4월이다. 눈발이 날린다 해도 봄이다. 겨울옷을 걸치고 있는 한 내게 봄은 오지 않을 터이다. 옷장과 서랍장에 있는 옷을 갈무리하려고 꺼내놓는다. 올겨울 한 번도 입지 않은 것들이 꽤 있다. 유행이 지나서 아니면 비슷한 옷이 있어서 또 아니면 몸이 불어 불편해서 입지 않은 것들이다. 이참에 봄옷 가운데에서도 이처럼 입지 않는 것을 버리기로 한다.

봄옷을 챙겨 옷장에도 걸고 서랍장에도 정리해 넣는다. 옷장 안에서 가볍고 화사한 옷이 솔솔바람을 일으킨다. 어디 옷장뿐이랴. 내게서도 무엇이 빠져나간 듯 발뒤꿈치가 저절로 들린다.

옷장 속이 훤하다. 서랍장 속도 공간이 넉넉해져 훗훗한 느낌마저 든다. 두어 개는 아예 빈 채로 남아있다. 빈틈을 찾고 그도 안 되면 억지로 틈을 만들어 옷들을 욱여넣던 불편한 심사에서 한결 편해진다. 박작거리던 머릿속도 수그러들면서 평온해진다.

창가에 벌렁 누워 하늘을 본다. 백수노인을 닮은 구름 한 점이 느릿느릿 한가롭게 떠 있다. 내가 잠시 딴청을 피웠을까. 홀연히 사라진 구름. 하늘은 더없이 맑고 고요하다. 맥없이 조여오던 옷이 느슨해진다.

서랍 속 틈만큼 내게 생긴 틈. 이 틈으로 오늘 하늘을 본다. 아주 오랜만에.

서랍을 열 때마다 빽빽하게 들어찬 옷들이 해일처럼 나를 덮쳤다. 그것은 곧 속박이고 짐이다. 버리면 될 것을 못 버리고 사는 것도 우습거니와 속없이 드러나는 소유욕 또한 어처구니없다. 버린다는 것은 무엇이든 간에 참으로 힘든 것이다.

마음을 비우라고 하던가. 흔히 주고받는 이 말을 들을 때면 눈을 뜨고도 보이지 않아 헤매는 것처럼 답답하고 막막하다. 나는 가끔 꿈속에서 눈 뜬 장님이 되어 칠흑 같은 어둠을 걷어내느라 눈을 부릅뜨다 깨곤 한다. 보이지 않는 것을 어떻게 비울 것인가. 혹 서랍 비우 듯 하면 될까 하는 생각을 잠깐 해 본다.

서랍장 하나 비우고 며칠씩 그 비움이 주는 낙[樂]을 만끽한다. 몸은 가뿐하고 마음은 자유롭다. 하니 마음을 온전히 비운다면 그것이 곧 천국에 사는 것일 게다. 그런데 참 이상한 노릇은 제 몸으로 느낀 이 좋은 느낌을 어느 순간부터 쓰레기 버리듯 버리고 사는 것이다. 금방 잊고 사는 고약한 버릇과 어리석음 때문이란 것을 알지만 어리석게도 또 그렇게 산다.

그 좋은 느낌이 사라지고 있다. 저만치서 틈을 엿보던 약사 빠른 놈이 귀에 대고 속삭인다. 빈 서랍을 그냥 두기엔 아까우니 채워야한단다. 하긴 꼬드기지 않아도 나는 또 그동안 하던 대로 서랍을 채워갈 것이다. 그래 채우자. 채워야 또 비울 수 있지. 서랍이라도 비우다 보면 비움이 주는 즐거움에 중독되어 물욕이라도 덜어질지 모를 일 아닌가.

서랍을 여는데 먹물그림 같은 장면 하나 떠오른다.

어느 산사 길목에서 지나가는 스님의 바랑을 보고 동행이 말한다. "저 바랑 좀 봐요. 홀가분해 보이지 않아요?" 바랑은 3부쯤만 채우면 족하고, 조금만 넘쳐도 욕심스러워 보인다는 것이다. 그러면서 저 정도면 수행승일 거라는 귀띔을 한다.

스님의 등에서 빛바랜 바랑이 흔드렁거린다. 서붓서붓 걷는 모습이 참으로 청정해 보인다. 일주문을 들어선 스님이 가뭇없이 사라진다.

그때 흔드렁거리던 바랑이 내 안에서 움막을 짓고 있었을까.

빈 서랍 안에서 빛바랜 바랑이 나를 올려다본다.

가까이 보아야 예쁘다

우리 집 담장 밑과 대문 앞엔 풀들이 늘 제 터인 듯 자리를 잡는다. 내가 게으른 탓일 것이다. 게다가 먼지 풀풀거리는 척박한 곳에 자리 잡은 새 생명을 차마 어쩌지 못하는 마음이 한몫해서이기도 하다. 가족들도 나와 마찬가지인 듯 누구 한 사람 손을 대지 않는다.

산과 들에서 멋대로 살았을 그들이 무슨 곡절로 흙 한 줌 뜰 곳 없는 거친 바닥으로 왔는지 모를 일이다. 시멘트 바닥 틈새에 뿌리를 내리고 하늘대는 여린 잎을 보면 신통하고 반갑다가도, 도시의 바람을 견디지 못해 야위는 것을 보면 차라리 뽑아 버릴까 하기도 한다. 그래도 그 작은 몸짓을 보며 꽃을 기다리고 그들이 맺을 씨를 기다린다. 씨를 맺은 그들은 다시 들로 산으로 돌아갔는지 이듬해에 담장 밑이나 대문 앞에서 자라고 있는 풀은 대부분 다른 것들이다.

그동안 제비꽃이 왔다가고 강아지풀이 왔었고, 질경이와 냉이도 왔다가 갔다. 물론 내가 모르는 풀들도 여럿 왔었다. 다만 안뜰 시멘트 바닥 틈과 담장 밑 돌 틈에 민들레 두 포기만 여러 해를 옴짝 않고 자리를 지키고 있다. 그가 맺은 숱한 씨들은 모두 어디로 날아갔는지 이 근처에는 흔적도 없다.

지난겨울은 참으로 추웠다. 흙속에 깊숙이 뿌리를 내리고 사는 산에 것들도 혹한에 많이 얼어 죽은 모양이었다. 그러니 흙먼지 쌓인 곳에 가까스로 묻힌 이곳 풀뿌리들이 배겨날 리 없다. 해마다 봄이면 제일 먼저 집 안팎에서 노란 웃음으로 맞아주던 민들레도 가뭇없이 사라졌다. 그 빈자리에 다른 풀들이 돋아났다. 풀들은 발길과 매연에 시달려 모지라진 모습이지만 잘 견디고 있었다. 그런데 언제부터인가 미화원이 마을 골목까지 돌아다니면서 길가나 담 밑에 난 풀을 뽑아냈다. 덕분에 우리 집 담장 밖이 전에 없이 깨끗해졌다. 하지만 대문 앞엔 풀이 그대로 있다. 주인 몫으로 남겨두는 것이려니 한다.

어느 날 우편함을 뒤지는데 얼핏 하느작거리는 게 보였다. 고개를 돌려 바라보니 어느 새 한 뼘 넘게 자란 서너 포기의 풀이 담 밑에서 바람을 맞고 있었다. 풀 한 포기 없이 휑하던 곳에 웬 것일까 하고 가까이 가니, 벌개미취를 닮은 풀이 자못 이름 있는 풀처럼 그 품새가 어엿해 보였다. 미화원도 나와 같은 생각을 하나 보았다. 그동안 눈에 띄었을 텐데 뽑아내지 않고 그냥 둔 것을 보면 그런 것 같았다.

　나는 그날부터 집에 들어 갈 때면 일부러 발길을 돌려 이름 모를 풀을 들여다보곤 했다. 얼마쯤 지나자 이리저리 뻗은 가지 끝에 녹두알보다 작은 꽃망울을 맺기 시작했다. 이 풀에서는 어떤 꽃이 필까 하고 망울이 맺기를 얼마나 기다렸는지 모른다. 하지만 궁금증에 들뜨던 마음을 가라앉혀야 했다. 아무래도 예쁜 꽃이 필 것 같지 않았다. 미화원도 눈치를 채고서 금방이라도 뽑아 낼 것 같아 조마조마했다. 한데 대문 앞에서도 자라고 있는 것을 보았다. 대문 앞이라 드나드는 발길에 밟혔을 만도 한데 용케도 싹을 틔워 자라고 있었다. 늦된 듯 아주 작은 키에 아직 망울도 맺지 못했다.

　담 밑에서는 꽃망울이 터지기 시작했다. 꽃은 망초 꽃을 닮았지만 그보다 사뭇 작고, 빛깔은 하얀 색을 띤 옅은 분홍빛이다. 멀리서 보면 꽃이라고 할 수 없으리만큼 작고 보잘 것 없어 보였다. 하지만 가까이 보면 아기 볼살 같은 분홍빛의 앙증맞은 모습에 자꾸 눈길을 주게 되는 것이다.

　꽃이 피자 나는 어떤 요행을 바라고 있었다. 그래도 꽃인데 꽃이 질 때까지 그대로 두었으면 했다. 그러나 우려하던 일이 벌어졌다. 풀이 무참히 뽑히고 만 것이다. 안 뽑히려고 버티기라도 했는지 꺾기고 뜯긴 흔적이 역력했다. 미화원이 그런 것일까. 꽃같지 않은 꽃에 실망한 것일까. 꽃에 실망하기는 나도 마찬가지이었다.

　작은 풀꽃을 보려면 아주 가까이 다가가야 한다. 그리고 아주 오래 보고 있어야 한다. 나는 뒤늦게 피기 시작한 대문 밖 풀꽃 앞에 쪼그리고 앉아 한 송이에만 눈길을 모으고 한참을 들여다본다. 비로소 꽃이 지닌 색깔을 보고 꽃이 품은 향기를 본다. 나를 바라보는 한 사람을 위해 내가 웃던 것처럼 자기를 온전히 바라볼 한 사람을 위해 꽃망울을 터뜨리는 풀꽃. 하늘과 땅 사이에서 오직 하나, 나와 같은 작은 모습을 본다.

　이름을 알 수 없는 이 들풀은 어디서 온 것일까. 귀뚜라미가 울자 꽃이 진 자리에 씨가 앉는다. 떠날 채비를 서두르는 듯 하얀 갓털이 바람에 파르르 떤다.

　작고 볼품없는 풀꽃이 사람 눈에 들기란 얼마나 어려운 일인가.

홀로된 꽃

어릴 때 일이다.

모기장 속에서 눈을 비비며 밖으로 나오다 불쑥 마주친 꽃이 반가웠다. "저 꽃이…." 하며 신발을 질질 끌고 뛰어가 꽃밭에 서 있으면, 등 뒤에 하얀 행주치마를 두른 엄마가 어느새 이슬 맞은 애호박을 들고 계셨다. 엄마는 부엌으로 들어가시고 나는 꽃 앞에 쪼그리고 앉았다.

나는 이 꽃을 무서워했다. 장마가 끝날 무렵 아무 것도 없는 축축한 흙 위로 불쑥 내민 허옇고 긴 꽃대가 지렁이를 연상케 했 다. 비가 그치면 땅속에 있던 지렁이들이 꿈틀거리며 나왔다. 어 린 생각에 그 지렁이들 중 가장 오래 된 것이 꽃으로 둔갑한 것만 같아 가까이 가지 못했다. 그러다 이파리도 없이 서 있는 꽃을 가여워하게 된 것은 엄마에게 꽃의 전설을 들은 뒤부터였다.

탑돌이 하던 아가씨와 젊은 스님사이에 싹 텄던 애달픈 사랑의 전설은 꽃을 슬프게 만들었다. 그때는 꽃 이름의 뜻을 몰라 외우지 못해 오랫동안 모르고 지냈다. 그러다 누군가가 상사화를 아느냐라는 말에 나는 금방 그 꽃임을 알아차렸던 것이다.

잎이 져서 흙이 된 뒤 꽃대를 올리는, 그래서 잎과 꽃이 영원히 만날 수 없어 붙여진 이름이다. 모가지를 길게 뺀 꽃대는 마치 누군가를 찾는 모습이고, 연보라인 듯 연분홍인 듯 파리한 꽃은 그리움에 야윈 모습이다.

친정어머니는 오래 전에 내 집 뜰에 이 꽃을 심어 놓으셨다.

2월 잠깐 느슨해진 추위에 언 땅이 풀리면 엄지손톱처럼 생긴 상사화 싹이 뾰족뾰족 머리를 내민다. 싹은 꽃샘추위에 얼었다 녹았다 하며 봄을 기다린다. 봄이 완연해지면 급한 듯 하루가 다르게 자란다. 난초 잎을 크게 그려 놓은 모양의 두꺼운 잎은 영영 시들지 않을 것처럼 진녹색으로 싱그럽다. 그러다 유월이 되면 어느 날 흔적도 없이 사라진다. 다른 나무들은 세상을 초록으로 물들일 것처럼 기세등등할 때다. 하지만 상사화 이파리는 이미

한 세상 풍미를 맛본 듯 홀가분하게 떠난다. 잎이 떠난 자리에 흙무덤이 생긴다.

장마가 끝난다. 비바람에 떨어진 잎들을 쓸어내고 쓰러진 꽃가지를 일으켜 세운다. 흙무덤에서 상사화 꽃대가 올라온다. 며칠 뒤 꼭꼭 여미고 있던 꽃잎을 활짝 연다. 서너 대씩 올라오던 꽃대가 올해는 하나만 올라와 더 쓸쓸해 보인다. 꽃 앞에 쪼그리고 앉는다. 그런데 우습게도 꽃이 말을 걸어올 것 같은 느낌에 오싹해진다. 나는 눈을 감는다.

"나는 늘 네 곁에 있어."라며 잎이 꽃에게 속삭인 걸까. 홀로 서 있는 모습이 참 담담淡淡하다. 여린 듯 강하게 보이는 꼿꼿한 자세와 누구의 흉내도 내지 않은 자기만의 빛깔로 치장한 참으로 간소한 차림새이다.

홀로 된다는 것은 얼마나 두려운 일인가. 하지만 꽃은 두리번거리지도 않고 돋보이려고 발돋움도 하지 않은 자태다. 곁가지도 없고 마디도 없는 꽃대로 자신의 순결을 드러낸다. 홀로 된다는 것은 또 얼마나 외로운 일인가. 화사한 듯 순연한 모습에서 외로움이 얼비친다. 그러나 휘청거리고 무너지는 막막함이 아니라 간절한 마음을 누리는 성숙하고 결삭은 외로움이다.

눈을 뜨고 꽃을 바라본다. 꽃 앞에서 내가 무겁다. 나는 마른 억새처럼 가볍기를 바란다. 그런데 자꾸 무거워진다. 언젠가 산골마을 작은 호수 앞에서도 그랬다. 그때 물가에 풍경을 그대로 담고 있는 호수는 맑고 고요했다.

간소하고 맑은 것에서는 깊고 빈空 것을 느낀다. 거칠고 무거운 결을 삭히고 얻어낸 가벼움이다. 나는 이런 것 앞에 있을 때 비로소 누덕누덕한 나의 무게를 실감한다.

외로우면 자신을 찾게 되고, 쓸쓸해지면 선해진다는 것을 알면서도 홀로 될까봐 놓지 못한 것이 많다. 그러고 보니 먼 길을 혼자 걸어본 때가 아득하다.

둔한 몸을 채 추스르기도 전에 꽃 하나 떨어진다. 얼른 주워 손바닥에 올려놓는다. 향기가 코끝에서 잠시 맴돈다. 꽃이 떠나고 있다.

잎은 잎대로 왔다가고 꽃은 꽃대로 왔다가도 그들이 돌아 간 곳은 뿌리. 그 곳에서 하나 되는 것을 알기에 이파리도 꽃도 홀로 피다가 저리 가볍게 떠나는 것이리라.

파리채를 든 여인

뜰로 나갈 땐 으레 파리채를 드는 여인.

집안엔 창문마다 방충망을 했으니 파리가 있을 리 없지만, 뜰엔 멍멍이 녀석 때문에 늘 파리가 꼬입니다. 여기저기서 모여든 파리는 이웃집까지 날아다니며 피해를 줍니다. 나무가 여러 그루 있어 여름철이면 두세 번 정원사가 살충제를 뿌리러 옵니다. 그러나 파리를 없애기엔 어림도 없는 일입니다.

멍멍이 옆에 서서 파리가 앉으면 잽싸게 내려칩니다. 백발백중 파리들이 널브러집니다. 간혹 설맞아서 비실대며 기어가는 놈이 있기도 합니다. 또 한 번 내리칩니다. 등허리가 따끈거리고 이마에서 땀이 흘러도 한 마리만, 한 마리만 하면서 휘두릅니다. 어디선가 계속 날아오는 파리를 그만 잡기란 여간한 의지력을 갖지 않고는 멈추기 힘든 것입니다. 이젠 재미를 붙인 듯 파리채를 잡으면 놓을 줄을 모릅니다.

그래서일까. 파리가 느는 듯도 하다가 주는 듯도 합니다. 한데 이상한 기운이 몸 안에서 쑥쑥 자라고 있는 것을 요즘 부쩍 느낍니다. 그 느낌에 소름이 돋곤 합니다.

그러던 어느 날 불현듯 떠오른 이야기입니다.

옛날 어느 수행승이 나무 밑에서 좌선을 하는데 머리에 낙엽 하나가 떨어집니다. 민머리에 낙엽이 앉자 근질거립니다. 그래 "에이" 하며 손으로 툭 쳐서 떨어트립니다. 수행중인 중이 "에이" 하며 낙엽을 쳤다하여 그 업業으로 수백 생生을 뱀의 몸으로 사는 업보를 받았다 합니다.

목숨도 없는 낙엽에게 성을 냈다(瞋心)하여 수백 생을 뱀으로 살다니. 그러면 이 여인은 어떻게 되는 것일까. 파리는 살아 있는 생물입니다. 미물 해충이라 해도 한 생명입니다. 그 목숨에 진심(瞋心) 뿐 아니라 살의를 품고 여름마다 파리채를 휘둘렀으니 그 업이 오죽할까. 비록 수행승은 아니지만 자신의 행위가 자꾸만 마음에 걸립니다. 그렇다고 그만 둘 수도 없는 일입니다. 이웃집 아기엄마들의 불평이 들려올 때면 자신도 모르게 파리채를 든 손에 거친 힘이 주어집니다. 뜰로 나가는 사이 머리만 뱀이었다가 꼬리만 뱀이었다가 하는 수행승 모습 위로 자신의 모습이 겹쳐 어른거립니다. 여인이 본 생물 중에 무섭고 싫은 것 첫 번째가 뱀입니다. 장난감 뱀만 봐도 그 징그러운 모양에 질겁하고 장난감 이지만 몸에 닿을까 봐 멀찍이 달아나기까지 합니다.

이 여인이 그동안 저지른 일이 어디 파리 잡는 것뿐이었을까. 작은 것이든 큰 것이든 목숨 있는 것을 해칠 때, 한 번이라도 그 목숨이나 죽음에 대해 진지해 본 적 있을까.

어느 날, 여인의 이런 속내를 듣던 사람이

"무심無心해야지요." 하는 것입니다. 여인은

"무심이요" 하며 코웃음을 흘립니다. 그가 말하는 무심의 경지 라는 게, 그렇게 쉽게 다가설 자리가 아니기 때문입니다.

그는 금강경에 나오는 경구라며 또 한마디 합니다.

"응무소주 이생기심應無所住 而生其心"

그 뜻을 찾아보니 '머무는 곳 없이 그 마음을 낼지니라' 입니다.

결국 여인에게 마음 공부하라는 것입니다. 여인은 들은 척도 하지 않습니다. 마음공부라는 알쏭달쏭한 말도 그렇고, 경구 속 에 담긴 뜻도 알듯 말듯 아리송하기만 할 뿐입니다.

그런데 참 이상한 일입니다. 여인이 파리채를 들 때면 그 경구

가 자꾸 떠오릅니다. 그래 십자 성호를 긋거나 아니면 나무아미타
불을 염송하거나 하는 것처럼 '응무소주 이생기심, 응무소주 이생
기심' 하며 뜻이야 알든 모르든 중얼중얼 해봅니다. 거친 숨이 수
그러지는 듯도 합니다.

혹여 성난 마음이나 살의를 벗어낸다면 뱀으로 태어나는 업을
면하지 않을까 해서 일 게입니다. 아니 더 두려운 것은 그 몹쓸
이상한 기운이 자꾸 커질까 해서입니다.

그 수행승 이야기를 몰랐다면 그까짓 파리 잡는 게 무슨 대수로
운 일이라고. 아는 게 병입니다. 아닙니다. 어쩜 다행한 일일지도
모릅니다. 작고 보잘 것 없는 생명이라도 함부로 하지 않으려는
마음을 찾게 된다면 말입니다.

아는 게 병이 된다면 모르는 것은 독이 됩니다.

여인이 파리채를 휘휘 휘두릅니다. 놀란 듯 파리들이 날아갑니
다. 다시 날아와 앉는 놈이 있습니다. 어쩔 수 없습니다. '다음엔
파리로 태어나지 말거라.' 여인은 오랜 만에 가슴에 십자성호를
긋습니다.

방하착放下着

뜰에서 윙윙거리는 파리 소리가 귀에 거슬립니다. 저대로 내버려두면 여름엔 파리 세상이 될 것 같습니다. 여인이 파리채를 들고 뜰로 나갑니다. 늘 그랬던 것처럼 누렁이 옆에 앉아 파리를 잡습니다. 얼추 파리가 줄어든 듯하자 잠깐 자리를 옮겨 영산홍에 앉은 파리를 휘휘 쫓곤 다시 옵니다. 한데 파리채에 맞아 땅바닥에 늘비하던 파리들이 눈에 띄게 없어졌습니다. 살아서 날아갈 리는 없는데 어떻게 된 것일까.

파리 한 마리가 움직입니다. 자세히 보니 개미가 물고 갑니다. 여기저기에 작은 개미들이 혼자 혹은 여럿이 죽은 파리를 끌고 가느라 부산합니다. 곰개미일지 모르겠습니다. 곰개미는 작은 몸

집에 비해 식성이 강하고 힘이 세어 곤충의 사체를 잘 나른다고 합니다. 정말 개미들은 제 몸집보다 배나 큰 파리를 재빠르게 나르고 있습니다. 조각을 내어 물고 가기도 합니다. 참 잘된 일이라 생각합니다. 해충이긴 해도 그 주검을 보는 것은 그리 유쾌한 일은 아닙니다. 개미를 위한 일은 아니지만, 그들에게 먹을거리를 만들어 준 셈이 되었습니다. 개미들이 여인에게 고마워 할 것 같습니다.

여인은 아니라는 듯 머리를 흔듭니다. 지금 파리에게 한 것처럼 언젠가 개미에게도 그렇게 한 적이 있기 때문입니다. 주방에 개미가 다니기 시작했습니다. 벽으로 식탁으로 개미가 줄지어 다니다 음식으로 들어가곤 했습니다. 개미가 꼬이는 곳은 유리로 된 꿀 항아리였습니다. 들어가면 다시는 나올 수 없는 것을 모르는 개미들은 단내에 끌려 항아리 안으로 들어갔습니다. 꿀은 반쯤이나 남아 있었습니다. 어차피 먹을 수 없다 생각하고 뚜껑을 아예 열어 놓았습니다. 개미를 몽땅 잡아 버릴 요량이었습니다. 아마 그때 꿀 항아리에 빠진 개미가 파리채에 맞은 파리보다 더 많을 겁니다.

지난 일을 문득 떠올린 여인은, 꿀맛에 홀리기는 미물이나 사람이나 마찬가지라며 피식 웃습니다. 지금 파리채를 들고 있는 자신도 무엇에 홀린 것 같다는 생각입니다. 파리채를 벽에 걸어 둡니다. 뒷짐을 쥐고 허리를 구부려 봉숭아며 백일홍을 들여다봅니다. 개미들은 여전히 먹이를 찾느라 바쁩니다. 그들의 욕심도 끝이 없나 봅니다. 파리도 그새 여인의 존재를 잊었나 봅니다. 겁도 없이 윙윙거리며 여인이 보고 있는 봉숭아에도 앉고 백일홍에도 앉습니다. 여인은 앉거나 말거나 심드렁합니다. 뒷짐 진 모습에서 어느 것에게도 해코지할 뜻이 없어 보입니다. 아예 마음을 쓰지 않는 눈치입니다. 꽃을 들여다보는 얼굴이 사뭇 평온해 보입니다. 좀 전에 파리를 잡을 때의 거친 눈길은 풀리고 어느새 순한 눈매가 되었습니다. 꽃 때문일까요. 아닐 겁니다. 파리채를 들고 있다면 꽃 앞이라 해도 눈길이 순해질 리 없습니다.

환청인 듯 귀에 익은 목소리가 들립니다. 여인의 낯이 일그러질 때나 눈빛이 탁해질 때면 여인을 꾸짖던 음성입니다.

"내려놓아야 합니다. 내려놓으면 될 일입니다."

아, 방하착放下着! 바로 그것입니다.

마음속 파리채도 내려놓고 흔들리지 않는 선한 눈매로 살아가면 좋겠습니다.

차나 드시지요

이번엔 혼자 왔다니 함께 여행할 수 있을 것 같다. 아이들과 함께 미국주재원인 남편을 따라 간 그녀가 2~3년에 한 번씩 다녀 갔지만, 그때마다 해 준 것이 별로 없다. 그래서 두고두고 기억할 만한 무엇인가를 해 주리라 마음먹었다. 암자여행을 계획했다.

아는 사람에게 암자에 거처하는 스님을 소개받았다. 스님이 거절할지 모른다는 말을 미리 들은 터라 조마조마한 마음으로 전화를 했다.

"암자가 작아 불편할 텐데요." 하는 뜻밖의 대답이다. 스님은 단골 택시기사의 휴대전화번호까지 일러주면서 관룡사 앞에서 내리라고 했다.

스님과 약속한 날짜에 그녀와 나는 암자를 찾아간다. 관룡사 앞에서 내린다. 모양새나 규모로 보아 절집이란 말이 어울릴 것 같은 관룡사엔 1600년의 묵은 표정이 남아있다. 조는 듯 보이는 대웅전 기둥. 그 기둥에 등을 대고 서서 툭툭 뒷머리를 찧어댄다. 혹시라도 내 안의 속된 기운을 털어낼 수 있을까 해서다. 대웅전 앞마당에서 기와불사 받는 처사가 이런 내 꼴을 보았는지 오라고 손짓을 한다. 지붕 너머 산봉우리에 엄지손가락만 하게 보이는 불상을 가리키며 소원을 빌어 보란다. 하나 지나가던 구경꾼이 염치없이 소원을 어찌 빌까. 멀리 가물거리는 불상만 쳐다보고 돌아선다. 그리고 암자 가는 길을 묻는다. 처사는 우리를 등산객으로 알았는지 그 곳에 가면 차 한 잔 꼭 마시고 가라한다. 차인심이 후한 스님이 암자에 사나 보다.

절 위쪽 대나무 숲을 지나자 오르막길이다. 오르막길에 들어서면 보일 것으로 예상한 암자는 목을 빼고 이리저리 뒤져도 보이지 않는다. 마침 산을 내려오는 등산객에게 암자가 어디쯤 있는지 묻는다. 한참 올라가야 한다며 서두르라고 한다. 사위를 둘러보니 산이 빛을 벗고 있다. 대숲에 앉아 이야기하느라 시간 가는 줄 모른 것이다.

산허리를 느슨하게 감아 오른 조붓한 길이 낙엽으로 철철 넘친다. 발을 내딛다 미끄러진다. 돌계단이다. 오가는 이 없어서일까. 돌계단이 낙엽에 묻혀버렸다. 낙엽 속 돌계단을 더듬으며 턱 밑까지 올라가도 드러나지 않던 암자가 마지막 계단에 올라서자 바로 앞에서 나타난다.

암벽이 흐르다 멈춘 자리, 다시 낭떠러지가 시작된 자리. 내가 누우면 한 뼘도 남을 것 같지 않은 마당. 암벽 틈새에 암자가 무당벌레처럼 붙어있다. 세월의 더께를 입은 편액 청룡암靑龍庵이 처마 끝에서 고고하다.

발소리를 들었는지 스님이 나온다. 어찌해야 좋을지 몰라 머뭇거리는데 "왜 이렇게 늦었느냐"며 호통부터 친다. 절 앞에 내려주었다는 택시기사의 전화를 받은 지 꽤 오래 되었다며, 길을 잃은 게 아닐까 걱정했다는 것이다.

한밤중 암자에서 잠시 다른 세상을 누린다.

바위나 나무나 벌레처럼 나도 한 점 산을 이루고 산이 된다. 산이 되니 산 아래 멀리 휘황찬란한 불빛이 속절없어 보인다. 돌아가고 싶지 않다고 뇌까린다. 다탁 옆에 놓인 차 통으로 손이 가던 스님이 나를 돌아본다. 내가 흠칫하자 스님은 짐짓 모른 체하며 차 통 하나를 집어 든다. 혼자 있을 때 즐겨 마시는 거라며 다관에 넣어 우린다. 향을 어루만진다는 뜻의 무향차撫香茶라고 한다.

진즉에 이야기는 끊기고 주전자에서 물 끓는 소리만 보글거린다. 찻물 따르는 소리가 방안을 맴도는 듯하더니, 이내 찻잔으로 잦아든다. 날 듯 말 듯한 다향을 맡는 것은 혀도 아니요 코도 아니다. 마음이다. 나를 어루만지는 다향을 느끼고 나 또한 다향을 어루만져야 한단다.

밖으로 입소리가 새 나갈세라 속으로 흠흠거리며 한 모금씩 입안을 적셔가며 마신다. 산속의 고요 때문일까. 둔하던 감각이 살아난다. 차분해지고 신선해지는 느낌이다. 나를 사로잡는 그 무엇이 있다. 다향이 나를 어루만지는 걸까. 오랫동안 잊히지 않을 묘한 느낌을 안고 새벽녘쯤 잠깐 눈을 붙인다.

아침설거지를 끝낸 우리에게 스님이 차를 권한다. 다탁을 마주하고 앉자 스님 나이가 궁금해진다. 어제부터 궁금했지만 물어볼 수 없었다. 수도자의 나이는 묻는 게 아니라며 그녀가 말린 탓도 있다. 그래도

"스님, 언제 출가하셨어요?" 하니 스님은

"차나 드시지요" 한다.

애꿎은 찻잔만 쥐었다 놓았다 하며 손때만 묻힌다.

중이 삭발하고 회색 옷 입는 것엔 여러 가지 뜻이 있다 한다. 그 가운데 하나가 세속의 삶을 살아선 안 된다는 것이고 보면, 나이 드는 것도 우리와 다른지 모른다. 암자에 홀로 거처하는 스님이 한 해 한 해 짚어가며 나이를 셀 리 없을 거란 생각이다. 그러고 보니 이곳엔 시계도 없고 거울도 없다.

나는 하얀 찻잔에 손때만 묻혀 놓고, 그녀는 다향이 밴 찻잔 하나를 선물로 받는다.

뒤늦게 나도 화두 같은 선물 하나 받는다.

"차나 드시지요."

큰 미루나무가 있었다

　태풍이 물러난 듯 바람이 잦아들면서 빗발도 수그러진다. 사무실에 나가봐야 할 것 같다. 태풍 핑계대고 쉬려 했지만 아무래도 천정이 걱정이다. 그동안 빗물이 조금씩 새고 있었기 때문이다. 사무실로 들어서자마자 천정부터 살핀다. 젖어 있긴 해도 물이 떨어지지는 않는다.

　요즘 들어 부쩍 낯설어진 사무실. 언제 들어서도 아무도 없는 휑한 사무실을 잠시 서성인다. 비록 목숨 있는 것은 아니지만 이곳에 있는 모든 것들에게 다가가 눈길을 보낸다. 이들이 숨을 쉬고 기지개를 켜며 도란거리는 듯 훈기가 돌아 아늑해진다. 그때서야 책상으로 와 앉는다. 그래도 허전하다.

오늘처럼 이렇게 바람 불고 비 오는 날, 이 시각쯤이면 어김없이 전화벨이 울렸다.

"비 오는데 나왔네. 점심 꼭 챙겨 먹도록 해요. 제발."

선생님은 점심을 챙겨 먹으라고 하면서 '제발'이란 말을 꼭 덧붙이셨다. 점심을 빵이나 과일로 대충 때우는 것을 아신 것 같았다.

날씨가 궂은 날 그러니까 오늘처럼 비바람이 몰아치는 날이라든가 몹시 춥거나 눈이 오는 날이면 선생님은 으레 전화를 해서 "오늘 나왔네." 하셨다. 짧은 한 마디지만 험한 날씨에 오가느라 고생될 텐데 하는 염려의 마음이 느껴져 되레 죄송하기도 했다. 그리고 말끝에 꼭 "고마워" 하셨다. 그러면 나도 "선생님 저도요."했다. 통화는 끝났지만 "고마워." 하는 소리가 귓가에 남아 가슴에 명주바람을 일게 했다. 정말 누군가에게 고마운 사람이 되어야 할 것 같아 나는 양손을 포개 가슴에 얹곤 했다.

요즘도 가끔 "고마워" 하시는 선생님의 음성이 보이는 듯 들린다. 그러면 나는 또 누군가에게 고마운 사람이 되어야 할 것 같아 양손을 포개 가슴에 얹는다.

지난 해 11월 어느 날, 선생님은 내게 전화를 하셨다. 새로 얻은 사무실 이야기였다. 당분간 도와줄 사람을 찾다가 나를 염두에 두었다는 말씀이었다. 별로 하는 일이 없던 나는 12월부터 일주일에 두 번씩 사무실에 나가 잔일을 돕기 시작했다.

선생님은 늘 미안해하고 또 고마워하셨다. 고생한다며 점심을 사 주시곤 했는데 나는 당연하다는 듯 넙죽넙죽 받아먹곤 했다. 그날도 선생님은 점심시간에 맞추어 나오셨다. 들고 오신 원고를 내게 주며, 여름 호에 실을 글이니 워드 작업해서 편집부에 보내 달라고 하셨다. 그리고 점심으로는 지난번에 육개장을 먹었는데 참 맛이 있었다고 하며 육개장을 드셨다. 나도 따라 먹고 싶었지만 입병 때문에 매운 것을 먹을 수 없어 늘 먹던 갈비탕으로 했다. 선생님은 정말 맛있게 드셨다. 하긴 무슨 음식이든 맛있게 잡수시는지라 옆에 있는 사람의 식욕까지도 돋우게 했다.

사무실에 나와 앉아 있으면 이 날 점심 드시던 모습이 떠오르곤 했다. 입병 때문에 못 먹었던 육개장을 핑계로 점심 한 번 대접할 생각이었다. 아니다. 대접이 아니라 그냥 한번 사드리고 싶었다. 그런데 장염 때문에 한동안 꼼짝 못하실 것 같다는 전화를 받게 되었다. 생각보다 환후가 길어졌다. 나의 작은 바람이 허사로 끝날 것 같은 막연한 예감이 드는 것을 애써 떨쳐내곤 했다.

내가 사무실 일을 마무리하고 떠날 때, 내 등을 두드려 주며

"그동안 고생했어. 고마워." 하실 줄 믿고 있었다. 명민하지 못해 일에 서툴고 낯설어도 선생님의 따뜻한 음성에 하루하루 마음을 다져 먹으며 다녔다. 그런데 선생님은 영영 모른 척 하실 모양이다. 홀연히 먼 길 떠나셨으니 말이다.

고향마을 둑길에 큰 미루나무가 있었다. 우리 논가에 있어 우리 나무라 믿었다. 나무그늘엔 늘 아이들이 모여 이런저런 놀이를 하며 놀았다. 텃새들도 이 가지 저 가지로 날아다니며 재잘거렸다. 논일 밭일 끝내고 돌아가는 마을 어른들도 잠시 그늘에 서서 허리를 펴고 갔다. 나는 이런 미루나무가 자랑스러워 아이들에게 우리 나무라는 것을 말하곤 했다. 멀리 나무그늘에서 노는 아이들 모습이 보이면 어깨를 으쓱거리기도 했다. 언제까지고 우리 논가에 서서 나의 자랑거리가 될 줄 알았다. 그런데 어느 날 학교에서 돌아와 보니 미루나무가 베어져 있는 것이 아닌가.

미루나무가 없는 낯선 풍경에 가슴 먹먹해져 눈물 글썽이던 어린 시절이 요즘 들어 종종 떠오르곤 한다.

빈 의자

- 유경환 선생님 장례미사참례에 다녀와서

마지막 가시는 것까지 보았는데도 믿어지지 않습니다.

검은 색 손가방 하나 들고 바쁜 걸음으로 걸어오시는 모습. 금방이라도 다가와 말을 거실 것만 같습니다. "글 좀 썼어." 하고 말입니다. 하지만 이제 그 음성 어디에서도 들을 수 없고, 그 모습 또한 어디에서도 뵈올 수 없습니다.

지난 해 초가을이었지요.

선생님의 수필 강의가 끝나자 바쁘다며 한 사람 두 사람 빠져나가고, 강의실엔 선생님과 ㅈ과 그리고 저 이렇게 셋만 남았지요. 그날따라 가을을 재촉하는 비가 내렸습니다. ㅈ와 교외선을 타러가자고 했습니다. 선생님께서는 대답대신 빙그레 웃기만 하셨습니다.

서울역까지 가서 표를 끊고 한 시간마다 다니는 기차를 기다렸습니다. 소풍가는 아이처럼 들뜬 선생님의 기분이 살짝 새고 있었습니다. 저희 또한 선생님과 기차 탈 생각에 들떴습니다.

차창 따라 길게 놓인 의자에 셋이 앉아 맞은편 창으로 휙휙 지나가는 풍경을 바라보았습니다. 가끔 옆으로 고개를 돌려 서로 바라보며 말없이 웃기도 했지요.

선생님은 교외선을 아주 오랜만에 타 본다며, 그러니까 교외선을 타 본 것이 30년도 넘었다고 말씀하신 것 같아요. 그러면서 정말 즐거워하셨습니다. 저와 ㅈ은 그러는 선생님을 보면서 서로 눈을 찡긋거렸습니다. 이렇게 좋아하시는 줄 알았으면 진즉에 모실 걸 그랬다고 말입니다. 그래서 다음에 여유 있게 일정을 한번 잡아 보자고 했습니다. 그 날은 늦은 오후라서 차안이 붐볐고, 집에 돌아갈 시간이라 선생님도 저희도 마음이 바빴다고 생각합니다. 그래도 우린 기차의 속도에 모두 맡기고 추억거리 하나 만들었습니다.

어느 역이던가요. 그래요 교외선과 전철이 만나는 역에서 아쉽지만 선생님도 저희도 내렸습니다. 비도 여전히 내렸지요. 우린 서로 다른 입구로 향해 걸었습니다. 저녁나절 가을비는 참으로 을씨년스러웠지만 마음만은 포근했습니다. 선생님의 온화한 표정 때문이었을 겁니다.

선생님은 일산 쪽 승강장으로 ㅈ과 저는 서울 쪽 승강장으로 따로따로 갔지만, 선생님과 저희는 철길을 가운데 두고 다시 만났습니다. 다행히도 지금 생각하면 정말 다행히도 전동차는 금방 오지 않았고, 양쪽 승강장에서 전동차를 기다리는 사람 또한 선생님과 우리뿐이었습니다. 그래서 저 쪽 의자엔 선생님이 앉아 기다리셨고, 이쪽 의자엔 우리가 앉아 기다렸지요. 이따금 그때의 광경이 떠오릅니다. 그러면 눈을 감고 사라지려는 영상을 붙잡아 봅니다.

철길을 사이에 두고 선생님과 우린 서로 바라보고 웃었지요. 선생님이 소년처럼 웃으며 손을 흔드셨습니다. 우리도 손나발을 만들어 선생님을 부르며 손을 흔들었지요. 선생님과 우리는 들리지도 않는 말을 주고받았습니다. 아마도 다음에 기차를 또 타자고 했던 것 같습니다.

선생님이 타실 일산 쪽 전동차가 먼저 왔습니다. 서울 쪽 차가 먼저 와도 저희는 타지 않았을 겁니다. 예의상 선생님께서 먼저 타고 가시는 걸 보아야 했고, 더 그리해야 했던 것은 텅 빈 우리 자리를 보고 쓸쓸해하실 것 같아서였지요. 누군가 떠난 빈자리를 본다는 것이 얼마나 외로운 건지요.

선생님은 차안에서도 창 쪽으로 고개를 돌리시고 우리를 바라보며 손을 흔드셨습니다. 차가 떠나자 빈 의자가 보였습니다. 선생님이 앉아 계시던 의자입니다. 덩그마니 놓여있는 그 의자가 왠지 쓸쓸해 보였습니다. 오래 함께 한 주인을 떠나보낸 것처럼 그렇게 말입니다. 그때 그 빈 의자에서 느낀 가슴 짠한 느낌은 무엇을 예고한 것인지요.

선생님은 지금 보이지 않는 기차를 타고 그때처럼 우리 곁을 떠나셨습니다. 철길 너머에 빈 의자가 보입니다. 소년처럼 웃으며 손을 흔드시던 모습. 빈 의자에서 선생님의 환영을 봅니다.

2부

묵은 집에서 살다

물살을 거슬러 오르려 하는 것은 빨래가 아니다.
땟물을 헹구려 하는 것도 빨래가 아니다.
그것은 나 자신이다.
냇가에서 구정물 빠지라고
물살 반대쪽으로 연방 흔들어대던 것도 걸레가 아니다.
그 역시 나였다.
빨래를 할 때마다 느끼는 어떤 느낌.
그 느낌 혹은 그리움.
그것은 물 냄새 물씬 나도록 빠른 물살에
나를 헹구던 일이다.
- 본문 중에서

봄이다

시선 한쪽이 환해진다. 고개를 돌리니 아침햇살이 홑이불처럼 거실바닥을 덮고 있다. 창가로 다가가 하늘을 쳐다본다. 하늘이 물기를 머금었다. 그러고 보니 어젯밤 늦게까지 실비 내리는 소리가 들렸다.

"아침에는/ 운명 같은 건 없다/ 있는 건 오직/ 새날/ 풋기운…."
—정현종 시인의 〈아침〉에서

이 아침 나에게도 운명 같은 것은 없다. 있는 것은 다만 풋기운 뿐.

"이번엔 무조건 떠나 볼 거야."

팔짱을 낀 채 어깨에 지그시 힘을 넣는다. 한데 알 수 없는 울림이 온 몸에 퍼지면서 스르르 팔짱이 풀린다. 이 울림이 무엇일까.

첫아이 때의 일이 떠오른다.

외출했다가 집에 돌아오는 버스 안인데 갑자기 젖이 돌았다. 그때서야 내가 젖먹이 엄마라는 것에 가슴이 뛰기 시작했다. 아기가 젖을 찾으면 엄마가 알아차리지 못해도 젖이 돈다. 엄마와 아기 사이에 일어나는 교감이리라.

지금의 이 울림 또한 무엇인가가 나에게 보내는 신호다. 밖에서 어떤 일이 일어나고 있는 것이 분명하다. 작은 풀씨 하나까지도 움트게 하는 봄이다. 흙 속에서 일고 있는 새 생명의 기운에 가슴이 이처럼 벅차 오는 것일 게다. 비로소 나도 자연에 뿌려진 씨알로 저 흙에서 비롯된 것임을 깨닫는다.

봄이 되면 뜰엔 새싹들로 생기가 돈다.

지금쯤 초록 숨소리에 뜰이 수런수런 할 만도 한데 어이된 일인지 오후의 절간 마당처럼 잠잠하다. 나뭇가지를 잘라내고 쓸어낼 때, 빗질에 풀씨들이 모두 쓸려 나간 것일까. 잡초라 해도 돋아날 때 아니 돋아나니 허전하고 한편 섭섭하다. 그래서 혹시 하며 목을 빼고 눈으로 뜰을 뒤진다. 그때 내 눈길로 들어 온 것. 그것은 봉곳봉곳 연둣빛으로 부풀어 있는 흙이다.

부리나케 뜰로 나간다. 밤새 내린 실비에 부드러워지긴 했어도 여린 싹에겐 거친 흙이다. 그 흙을 비집고 세상 밖으로 나오려는 몸짓이 새삼 신기하다. 나를 찾아 먼 데서 온 손님 같아 반갑다. 어느 것 하나 함부로 할 수 없다. 뿌리지도 거두지도 않는데 해마다 봄이 되면 이렇듯 찾아 온 이들을 보면 가슴에서 물 주름이 남실대듯 설렌다. 아기에게 젖을 물리고, 내 살에 비벼대는 아기 살 촉감에, 내 눈에 닿은 아기 눈망울에 설레던 그때의 느낌과 다르지 않다. 여름 어느 날 무성하게 자란 풀을 아무 거리낌 없이 뜯어내고 뽑아낼지라도 지금은 아침 같은 아기 같은 그리고 새날의 풋기운 같은 여리고 무구한 생명을 밟을까 봐 뒤꿈치를 들고 비켜선다.

봄에는 부엌에서 쓰던 부지깽이도 흙에 꽂아두면 새싹이 돋아난다고 한다. 봄엔 그만큼 새 생명을 불어넣는 힘이 강하고 신비롭다는 뜻일 게다. 이렇게 움튼 생명은 티 없이 깨끗하다. 나 또한 이들 앞에서 한순간이나마 순한 심성으로 돌아간다. 자기 본래의 성품으로 돌아갈 수 있는 순간이 있다면 봄이 아닐까.

머지않아 민들레와 제비꽃이 필 것이고, 달개비와 강아지풀도 무성해질 것이다. 그러면 나는 고향집 뒤란 닭은 뜰에 앉아 두레박으로 물을 길어 올리듯 이들 풀꽃으로 순박했던 시절을 길어 올리리라. 그리고 다시 세월이 지나면 고상하지도 화려하지도 않은 지금의 삶을 또 이들 풀꽃으로 길어 올리려 할 것이다.

하늘을 쳐다본다. 아직도 물기가 느껴진다. 어느 해 봄이던가. 섬진강을 지나 남해로 가는 길에서 금방 붓질 끝낸 수채화처럼 물기가 느껴지던 하동과 하동의 하늘. 그 하늘이 보고 싶다. 진달래 보러 고향 뒷산에 가고 싶다. 그리고 벚꽃 터널 지나는 기차도 타고 싶다. 봄이다

빨래

예전엔 방망이로 두들기고 손으로 비벼서 옷의 때를 뺐다. 그리고 그렇게 하는 것을 빨래라 했다. 요즈음엔 빨래한다고 하면 으레 세탁기 돌리는 것을 말한다. 빨랫감만 모아다 넣어 주면 좌우로 몸통을 돌리고 치대고 짜댄다. 그동안 나는 다른 일을 할 수도 있다. 누군들 이 편리함을 외면할 수 있을까. 그래도 이 촌스러운 여자는 햇살 좋은 날이면 손빨래를 하고 싶다.

빨랫감을 들고 뜰로 나간다. 수돗가에 납작한 돌 하나 박힌 빨래터가 있다. 밟으면 나무그림자 바삭거릴 것 같은 정오. 빨래를 한다.

하루 입고 벗어 놓은 옷들이라 비누질 한 번에 거품이 풍성하게

인다. 나무그늘 밑에서 하는 빨래는 그래서 할 만하다. 고무 자배기에 물이 넘치도록 수도꼭지를 열어놓고 철썩거리며 헹구는 일은 즐길 만한 일거리 가운데 하나다.

우리나라는 물 부족 나라란다. 당연히 아껴야겠지만 물과 놀고 싶어서 하는 빨래니, 이럴 땐 물 낭비하는 자신에게나 시간 낭비하는 자신에게나 너그러워진다.

고향 냇가 빨래터엔 일찍부터 사람들이 모였다. 그렇게 어른들이 빨래하고 돌아가면 물소리만 저 혼자 철썩거렸다. 그러나 그것도 잠깐, 다시 빨래꾼이 모이기 시작했다. 계집아이들이다. 특히 여름방학 땐 말이다.

점심을 먹고 한낮 볕에 짜증나면 걸레를 빨아오겠다며 냇가로 나왔다. 시골집 걸레는 빨고 빨아도 구정물이 나왔다. 구정물에 싫증이 날 만도 하건만, 흐르는 물에 헹구고 흔들어 또 헹구는 일은 차라리 물놀이였다.

하얀 물이 나도록 헹군 걸레를 풀밭에 널어놓고 산 그림자가 마을을 덮을 때까지 멱을 감으며 놀았다. 그 사이 걸레는 말랐고 아이들의 몸과 마음에선 물속에서 건져 올린 수초처럼 물 냄새가 물씬거렸다.

빨래를 헹군다. 물이 넘치는 자배기에서 헝겊들이 모천으로 가려는 연어처럼 물길을 거슬러 오르려 한다. 물 위로 오르려는 헝겊을 낚아채서 물속으로 집어넣는다. 이리 치대고 저리 치대고 그리고 흔들어 댄다. 이렇게 헹구기를 반복하노라면 어느새 빨랫거리는 사라지고 고향 빨래터에 내가 서있다.

물살을 거슬러 오르려 하는 것은 빨래가 아니다. 땟물을 헹구려 하는 것도 빨래가 아니다. 그것은 나 자신이다. 냇가에서 구정물 빠지라고 물살 반대쪽으로 연방 흔들어대던 것도 걸레가 아니다. 그 역시 나였다.

빨래를 할 때마다 느끼는 어떤 느낌.

그 느낌 혹은 그리움.

그것은 물 냄새 물씬 나도록 빠른 물살에 나를 헹구던 일이다.

맑은 물기를 머금은 빨래가 대야에 쌓인다.

비틀어 짠 것을 바르게 하기 위해 손으로 잡고 두어 번 탁탁 턴다. 물기가 부서지면서 얼굴로 튄다. 차가운 느낌이 싫지 않다. 고르게 펴진 옷을 줄에 나란히 널고 바지랑대를 받치니, 햇살이 기다렸다는 듯 눈부시게 쏟아진다. 손에 남은 물기를 앞치마에 닦고 평상에 눕는다. 누워있는 내게로 하늘이 내려와 앉는다. 하늘 냄새가 난다. 마음이 빨래보다 먼저 바람에 나풀거리며 빨랫줄 너머로 날아간다.

사람 냄새 벗어버린 빨래가 비로소 가벼워 보인다.

좁은 길

비뚤거리는 길이 아니다. 네모 반듯반듯한 논들이 가지런하다. 모 난 데 없어 수더분해 보이던 논길이 옷매무새 가다듬고 앉은 선비처럼 보인다. 찻길이 들녘 한 복판을 가위로 자른 듯 가르고 있다.

지난 봄 큰집 갈 때 만난 들녘 길이다. 몇 년 전 우리농촌을 외국인에게 보여주기 위해 좁은 논길을 이처럼 큰길로 만든 것이란다. 큰길이 생겨 좋다고들 하는데 나는 트집거리를 찾느라 사방을 두리번거린다. 탁 트인 시야가 오히려 눈길을 흩어놓는다. 눈길 머물만한 풍경이 보이지 않는다.

들녘 건너 쪽엔 들쭉날쭉 오르락내리락 하는 길이 마을과 마을을 이어주고 있다. 일 년에 대여섯 번씩 왔다 가는데도 그 때마다 숨은 길을 찾아 가는 느낌이었다. 늘 다음 풍경이 궁금했는데 지금도 마찬가지다. 교회 종탑인가 하면 마을회관 종탑이고, 마을회관 종탑인가 하면 교회 종탑이다. 비슷비슷해 보이는 마을과 낮은 언덕 때문에 길눈 어둔 내가 헷갈려 하는 것이다.

담배 간판이 덜렁거리는 구멍가게. 지금은 허술하기 짝이 없는, 예전에 소문난 부자가 살았다는 2층 외딴 집. 금방 무너질 것 같은 길가 토담 집. 저만큼 둑길에 등 굽은 버들. 그리고 요즘 생긴 흰칠한 주유소 건물. 눈길 닿던 이런 것들이 내 예상과 다르게 불쑥불쑥 나타나면서 시골길에게 속곤 하는 것이다. 오르락내리락하면서 구불구불 돌아가는 시골길에서는 이런 것조차 즐겁고 유쾌하다.

성묘 때 산소 앞으로 희미하게나마 길이 나 있는 것을 보았다. 산토끼가 지나다닌 것 같다고 했다. 발 따뜻한 것들이 오가며 낸 흔적이 길이 되는 것이다. 이렇게 생긴 길이기에 그럴까. 좁은 길에서 누구와 걸어도 살짝 살짝 부딪혀 오는 어깨가 싫지 아니한 것 말이다.

나무나 바위 같은 것을 만나 돌아가면 돌아간 대로, 생각에 깊이 빠져 바로 가지 못하고 비뚤게 가면 비뚠 대로 난 길. 이처럼 발길 닿은 대로 생긴 길은 들숨과 날숨을 쉬며 구불구불 기어간다.

구불구불 따라 걷고 있으면 생각이 고이기도 하고 깊어지기도 한다. 곧고 넓은 길에선 접시에 부은 물처럼 고이지 못하고 자꾸 흩어진다. 생각은 구석 같은 곳에서 자리를 뜬다.

어릴 때 살던 뒤란엔 장독대와 툇마루가 있었다. 나는 장독대 턱이나 툇마루에 앉아 있기를 잘 했다. 흙담이 바람을 걸러 냈는지 따사로운 햇볕이 앉아 있는 발등으로 모였다. 그러면 별별 생각이 무릎 앞으로 덩달아 모이는 것이었다. 이때부터 나는 혼자 놀거나 혼자 다니는 것에 길들기 시작했다.

마을엔 우마차 한 대 다닐 수 있는 큰 길은 두어 갈래뿐이고, 논으로 밭으로 또 산으로 이어지는 조붓한 길이 대부분이었다. 길은 냄새를 풍기고 소리를 내고 빛깔을 바꾸면서 들로 산으로 나를 불러냈다. 때론 친구들과 어울려 다녔고, 또 때론 혼자 걸으며 이런저런 상상에 속말을 주고받았다.

중학교 때는 시오리나 떨어진 학교를 혼자 걸어 다녀야 했다. 처음엔 낯선 길이라 무섭기도 하고 심심하기도 했지만, 점점 혼자 다니는 것에 맛 들여갔다. 넓은 길과 좁은 길로 갈라지는 길목에선 으레 좁은 쪽으로 발길을 옮겼다. 좁은 길에서는 보고 듣는 사람이 별로 없으니 눈 안에 들어오는 모든 것에게 맘 놓고 말을 걸어 볼 수 있어 좋았고, 내가 나에게 말을 걸어 이것저것 묻고 대답하는 짓도 재미 있었다.

이렇듯 내겐 어머니 손맛에 길든 입맛처럼 뒤란과 오솔길에서 길든 느낌 맛이 있다. 혼자 있는 시간과 공간에서 느끼는 쓸쓸하면서도 자유로운 맛, 바로 그것이다.

호젓하고 좁은 길을 걸어가노라면 내 모습은 오래 된 연필그림처럼 희미해도 내 삶의 이미지는 또렷하게 나타난다.

넓지도 곧지도 않아 눈에 띄지 않는 삶. 한 발씩 느리게 내딛는 삶. 혼자만의 구석을 꾀하는 삶. 이런 내 삶의 소묘는 시골의 좁은 길을 닮았다. 고향 오솔길에서 내 안의 키가 자란 탓일 게다.

그래도 문득문득 오솔길을 걷고 싶어 몸살이 난다. 꼬불꼬불 내 삶의 다음 풍경이 궁금해서 그렇고, 그것을 상상하고 엿보는 설렘에서 더 그렇다.

숨결에 맞춰 느릿느릿 걸어가는 좁은 길에서 지금도 길을 묻고 길을 찾는다. 비록 보잘 것 없는 풍경으로 쓸쓸하다 해도 자유로울 수 있다면 나는 내 길을 귀하게 여길 것이다.

또 다른 우물

마을은 크고 작은 뜸 네댓 개로 이루어졌다. 고만고만한 초가들이 산자락 양지 바른 곳에 옹기종기 모여 있는 모습이 정답다. 근방에서는 제법 큰 마을로 우물도 여러 개 있다.

*큰 우물

마을의 약간 위쪽에 있어 가운데 뜸과 위뜸에 사는 사람들이 쓰는 우물이다. 저녁나절이 되면 물을 길러 온 사람들, 쌀이나 푸성귀를 씻으러 온 사람들, 자잘한 빨래를 하러 온 사람들로 하루 중 가장 시끌시끌하다. 물 긷는 소리와 아낙네들의 웃음소리 그리고 엄마나 누이를 따라온 아이들의 장난치는 소리가 냇물처럼 퍼져 늦은 오후 나른한 마을에 생기를 불어 넣는다. 이런 우물의 풍경을 열 살짜리 나는 먼발치서 그림을 감상하듯 바라만 본다. 울안에 펌프가 있는 우리 집에선 아무도 큰 우물에 가지 않는다.

우리 집엔 두레박이 없다. 물 긷는 사람이 별로 없는 한낮에 정순이를 꼬드겨 함께 우물에 간다. 정순이는 한 살 아래 먼 촌 동생이다. 우물가에 서면 으레 물속부터 내려다본다. 한 아이가 보인다. 나는 반갑다는 듯 손을 흔든다. 우물 속에 비친 아이가 나라는 것을 알지만 곧 잊는다. 아이에게 소곤소곤 속엣말을 털어 놓는다. 물속 아이는 고개를 끄덕이거나 갸우뚱거리면서 내 말을 듣는다. 한참 소곤거리다 보면 어느 순간 나도 우물이 된다. 그때서야 싫증난 듯 우물 속으로 두레박을 내린다.

빈 두레박이 내려가면서 돌 벽에 부딪혀 우당탕거린다. 철썩, 두레박줄을 요리조리 당기면서 물을 채우려 애쓰지만 반을 채우기도 힘들다. 그나마 올라오다 벽에 부딪히면서 두레박엔 물이 반에 반쯤이다. 그렇게 하기를 여러 번, 대야에 물이 찰랑거린다. 두레박질에 익숙한 아이라면 두세 번이면 될 것을 나는 대여섯 번 해야 한다. 내가 퍼 올린 대야의 물속에서 파란하늘을 본다.

서툰 두레박질은 내게 신나는 일탈이었다.

*바가지 우물

아래뜸에 있는 우물이다. 나는 정순이와 또래들이 많은 아래뜸에 자주 간다. 숫기도 없고 동갑내기도 없다 보니 활달한 정순이를 친구처럼 여기며 함께 다닌다. 또 우물에 간다. 물속이 얕아 물맛이 없다며 빨래나 허드렛물로 쓰는 바가지 우물엔 그래서 늘 아이들이 나와 물장난을 한다. 넘칠 듯 말 듯 나울거리며 주름을 일으키는 물은 어디론가 흘러가고 싶은 눈치다. 손으로 물결을 쓸어보거나 바가지를 넣고 휘저으면 기다렸다는 듯 찰 찰 찰 넘친다.

우물 밖으로 넘친 물은 바깥세상의 길을 따라 흐르면서 낯선 풍경을 만날 것이다. 얼마나 설레고 신날까. 그러나 낯선 것에 호기심조차 드러내지 못하는 수줍은 성격의 나는 그 물의 길을 부러워하는 마음마저 감추려 애쓴다.

그래서일까, 더 크지 못한 작은 아이 하나가 바가지 우물 앞에 서 있다.

*깊은 우물

건너뜸에 있는 우물이다. 마을에서 가장 높은 산봉우리 아래 제일 작은 뜸이다. 그래서 그런지 우물둘레는 좁고 물속은 깊기만

하다. 우리 집에서는 꽤 멀고 또래도 없어 거의 갈 일이 없지만, 아이들과 어울려서 다니다 보면 그 곳에도 갈 때가 있다. 이상하게도 아이들은 그 우물을 만나면 그냥 지나치지 않는다. 우물가를 빙글빙글 돌거나 우물 속을 들여다보면서 장난을 한다.

우물을 내려다본다. 좁고 깊은 우물 속에서 아이의 모습이 가물거린다. 너무 깊어 제대로 보이지 않는다. 들여다보면 볼수록 멀어지는 듯하다. 큰 우물에서 새파랗게 보이던 하늘도 여기서는 검은 색이다. 불현듯 물에 비친 아이가 내가 아닐 수도 있다는 생각에 섬뜩하여 뒤로 물러선다. 어른들은 아무렇지 않게 두레박을 올리면서 물길이 깊어 물맛이 좋다고 한다. 깊고 어두운 물속을 두려워한 나는 그 물을 길어다 쓰는 사람들에게도 겁을 먹는다. 쉽게 속내를 보이지 않으려는 우물을 대하기에는 내가 어리다는 생각에 돌아선다.

깊은 우물은 내 안에 더 깊은 우물을 팠다.

누구나 자신과의 소통을 위해 우물 하나씩 품고 살지 않을까. 키가 자라면서 많은 우물을 만났지만 끊임없이 나를 흔들고 있는 것은 유년의 우물이다.

너무 깊지도 너무 얕지도 않은 물속으로 나를 들여다보게 하고 나와 만나게 한 큰 우물이 보인다. 지금도 내 이름을 부르면서 우물에게 말을 걸어보지만 이제는 아무 것도 들려줄 것이 없다는 듯 공허한 바람소리만 낸다.

바깥세상에 호기심 많은 아이처럼 남실대던 바가지 우물도 보인다. 한 작은 아이가 우물가를 서성거린다. 이 우물과 가까이했더라면 세상을 향한 나의 발걸음이 좀 더 활달했을지도 모른다.

너무 깊어 들여다보기조차 두렵던 깊은 우물. 산그늘로 어둑해진 우물가에서 물 속을 내려다보는 아이의 쓸쓸한 모습이 보인다. 가슴이 뛴다. 그래 내가 물속 아이를 찾고 있었던 거야.

꿈인 듯 생시인 듯 언젠가 와 본 듯한 우물에서 나는 늘 길을 잃고 헤맨다. 이제 나는 바다로 들어간 소금인형처럼 우물로 들어가 그 아이와 하나가 되어야 한다. 그런데도 유년의 우물은 저만치 있고, 나는 오늘도 내 안에 또 다른 우물을 판다.

괘종시계와 나

"데 에 엥, 데 에 엥"

시계종소리가 느린 속도로 돌아가는 테이프 소리처럼 들린다. 이처럼 느리고 둔탁해진 종소리는 건전지의 수명이 얼마 남지 않았다는 신호음이다. 그래도 며칠 동안은 제 시각에 맞추어 종을 울릴 것이다.

시계는 20년 전 집들이 선물로 받은 것이다. 거실에 맞지 않게 덩치가 크긴 해도 예스런 생김새와 종소리로 벽 한 쪽을 지키고 있다.

집에 오는 사람 가운데엔 시계에 대해 말하는 사람이 있다. 어떤 사람은 모양이나 종소리가 집과 어울리지 않는다 하고, 또 어떤 사람은 집에 사는 사람과 어울린다고 한다.

시계는 겉모양만 옛 괘종이다. 태엽을 감아 주는 게 아니고 건전지를 끼워 주는 것이다. 추도 달렸지만 이것 또한 따로 건전지를 끼워 주지 않으면 움직이지 않는다. 이러한 것이 어디 괘종시계뿐일까. 예스러움과 편리함을 좇다 보니 겉과 속이 다른 것이 자꾸 생겨난다.

"데 에 엥, 데 에 엥" 새벽녘 잠결에 종소리를 세기 시작한다. 하 아 나, 두 우 울, 느린 종소리를 지루하게 세는데 여덟 번을 친다.

"8시잖아, 이게 웬일이야." 내 몸이 침대에서 용수철처럼 튕겨져 나온다. 식탁에 있는 탁상시계를 보니 6시다. 한데 괘종시계도 6시를 가리킨다. "저 놈의 시계가…." 기계도 오래되면 노망을 부리는 모양이라며 밥 준비를 한다.

이때부터 시계는 매시 두 번씩 더 친다. 그러더니 그 다음엔 세 번을 더 치는 게 아닌가. 그리고 또 네 번을 더 친다. 종소리는 여전히 느리고 둔하다. 하지만 바늘은 제 시각을 가리킨다.

배터리를 갈 때쯤이면 종은 느리게 제멋대로 치고, 바늘은 가는 둥 마는 둥 하여 서둘러 새 배터리로 갈아 끼우곤 했다. 그런데 지금은 종 치는 횟수는 맞지 않지만 바늘은 제 시각을 가리키고 있다. 전에 없던 현상에 배터리를 갈아 끼우기보다 이상한 상상에 빠진다.

괘종시계에 혼이 든 것인가. 그렇다. 괘종시계는 지금 제 혼을 불러들여 무엇인가를 시도하고 있는 게 분명하다.

저대로 계속 종 치는 횟수가 늘어나면, 종은 열두 번 이상은 치지 않을 테니, 어느 시점에선 시계바늘과 종소리가 일치할 것이다. 시계바늘이 가리키는 시각과 종소리의 횟수가 일치하는 순간. 그 일치하는 순간 시계는 새 건전지로 갈아 끼운 것처럼 기운차게 때 앵, 때 앵, 하며 울리리라. 그런다면 나도, 나도 저 괘종시계와 20년을 함께 한 주인으로 시간을 거슬러 올라가는 기적의 행운을 만날지 몰라. 그렇게 된다면….

나는 무엇에 홀린 것처럼 높이 걸려있는 괘종시계를 쳐다보며 상상에 상상을 더해간다. 종소리가 들리면 놓칠세라 귀를 기울이고 헤아린다. 나도 모르게 긴장이 되면서 종소리를 세다 정말 기적이 일어날 것 같은 착각에 몸서리를 치며 머리를 흔든다.

때 앵, 때 앵…. 탱탱한 종소리가 나른한 공기를 가르고 집안 구석구석에 꽂힌다. 일순 무참히 깨져버린 나의 상상. 상상의 세계에서 허탈해진 현실로 돌아와 안도의 숨을 쉰다. 그래도 아쉽다. 시계를 쳐다본다.

"어리석은 사람아, 어찌 그리 두려워하는가. 난 다시 젊어졌는데 당신은 어제보다 늙었군." 누군가가 갈아 준 새 건전지의 힘으로 당당해진 시계가 나를 내려다보며 이렇게 비웃는 듯하다.

현실로 다가올 것 같던 기적. 그 얼토당토않은 상상. 그것이 무엇일까.

종소리만 듣고 늦잠 잔 줄 알고 놀라서 시계 보고 노망이니 뭐니 하며 탓을 한 것은, 앞으로 내게도 그런 일이 일어날 수 있다는 암시 같아서일 게다. 힘없고 느린 종소리에 예사롭지 않던 느낌. 그 느낌은 어떤 낌새이다. 점점 몸놀림이 굼떠지고 기억력이 떨어져 간다. 그래서 건전지라는 물리적인 힘이 아닌 어떤 미지의 힘이 있어, 나에게도 그 힘이 마술처럼 작용해 주길 기대한 것이리라.

시계는 낡아가고 나 또한 늙어간다. 그리고 끝내 시계는 삭고 나는 썩어서 바람이 되고 물이 되고 흙이 되어 온 곳으로 다시 돌아가리라. 그때, 지금의 이런 인연으로 해서 괘종시계와 내가 한 번 만날 수 있을지 모를 일이다. 바람으로 물로 혹은 흙으로.

묵은 집에 살다

막내여동생이 제 친구를 데리고 들이닥친다. 근처에 볼일이 있어 왔다가 들렀다며 밥을 달란다. 밥상을 차려 준다. 둘은 게 눈 감추듯 밥을 먹고 나더니 설거지를 하겠다며 소매를 걷는다. 나는 "불청객도 손님인데…" 하며 말린다. 그들이 차 마시는 동안 설거지를 한다. 등뒤에서 들리는 두 사람의 말투가 묘한 뉘앙스를 풍긴다.

"이 찻잔 고풍스럽지 않니? 30년짜리인데."

"어머 그래, 어쩐지 예스럽다 했어."

그러고 보니 오래 된, 족히 30년은 되었을 그릇이 여기저기 눈에 띈다. 숟가락 젓가락에서는 물론 스텐리스 양푼과 국자에서 그리고 지금 저들이 들고 있는 찻잔에서 묵은 티가 난다. 잘 깨지지 않아 아이들 어릴 때 쓰던 작은 플라스틱쟁반도 배시시 잔 때 묻은 얼굴을 내민다. 새것처럼 새뜻하진 않아도 구접스럽지 않아 그냥 쓰다 보니 2,30년이 된다. 눈에 익고 손에 익어 만만하던 것이 저들 입방아 앞에서 새삼 구중중해 보인다. 사람의 간사함이라니.

둘은 여전히 무어라 구시렁거린다. 자기네는 설거지를 하다보면 달그락 덜그럭 그릇끼리 부딪혀 가끔 금이 가거나 깨진단다. 언니는 어쩜 소리도 안 내고 설거지를 한다며 흉인지 칭찬인지 모를 말을 주거니 받거니 한다. 그래 그릇은 깨져야 새로 사게 되는 것인데, 내 손에선 왜 그릇도 안 깨지는 걸까.

고무신에 무명옷 입고 초등학교를 다니던 때였다.

어머니는 지나가는 말로 "애들이 힘차야 고무신도 찢어오고 옷도 쉬이 해트리는데, 저 애는 고무신 한 번 찢어 온 적 없으니."라고 하셨다. 어린 내가 듣기에도 칭찬은 아닌 듯하였다. 무언지 모르지만 못마땅하다는 눈치였다. 어머니의 속마음을 안 것은 한참 뒤였다.

6남매의 맏이로 어머니를 도와 동생들도 돌보고 집안일도 거들어야 했지만 들차지 못한 나는 그러하지 못했다. 남동생이나 여동생이나 해가 갈수록 나보다 덩치도 커지고 키도 커져갔다. 이것이 어디 몸뿐이었을까. 가끔은 위아래 없이 대들기도 하고 엉뚱한 짓도 해 보아야 키도 크고 속도 커진다는 것을 나는 몰랐던 것이다. 약한 체질에 성격까지 당차고 차지지 못하자 어머니는 내심 걱정스러워 하신 것이다. 작은 체구에 말이 없다보니 '얌전한 아이, 참한 아이'라는 별명 아닌 별명이 붙어 다녔고, 나는 그 별명대로 얌전한 여자가 되었다.

어머니는 '얌전'이란 말 속에 내가 갇혀버린 것을 아신다. 그래서 남들이 "큰딸이 얌전해 보이네요."하면 "얌전한 게 뭐 좋은 거라구." 하면서 요즘도 표정이 일그러지신다.

고무신 한 번 찢어트려 본 적 없고, 접시 하나 깨뜨려 보지 못한 얌전한 나의 길은, 그래서 숨차게 오를 가플막도 요새처럼 숨어 있는 한 점 비경도 없이 밋밋하고 구불거릴 뿐이다. 단조로운 구도와 색채의 그저 그런 풍경이다. 좁았다 넓었다 하지도 않는다. 두 사람이 어깨 나란히 하고 걸을 만하다.

나도 덜그럭 달그락거리며 그릇을 깨고 싶다. 부드러운 능선에 거친 붓질로 솟은 암석이고 싶고, 천길만길 아찔한 낭떠러지이고도 싶다. 그리고 2.0 시력을 홀리는 원색의 풍경이고도 싶다. 그러나 내 안에 고물처럼 들어앉은, 몸집만 불어난 얌전이가 고집불통이다. 어디 이뿐일까.

낯선 것이라면 먼저 겁부터 낸다. 낯선 것들과 친숙해지는데 오랜 시간이 걸린다. 대신에 친해지면 쉽게 놓지 않는다.

혼인해서 13년 동안 살아온 동네를 떠나 낯선 곳으로 이사했다. 아이들이 자라면서 조금 넓은 터로 옮겨야 했기 때문이다. 헌 집을 헐어내고 새로 집을 지었다. 낯선 데라고 해봤자 바로 옆 동네다. 다른 사람들은 이미 무엇인가를 눈치 채고 이곳 강서江西에서 강남江南으로 갈 때였다.

새 동네의 낯을 익힐 즈음, 이웃들이 새로운 곳으로 떠났다. 나는 옴쭉도 못하는 나무처럼 20년 넘게 살고 있다. 벌써 이사 간 이웃은 아직도 그 집에 사느냐고 놀린다.

새물내가 가신 집에 자릿내가 나기 시작한 지 오래다. 뜰에는 나와 함께 이 집에 심어진 나무들이 나처럼 나이 들어가고, 장독대 늙바탕 항아리들이 옅은 햇살 아래 나처럼 졸고 있다. 헌책 겉장처럼 희치희치해진 벽에 담쟁이가 오르고, 손끝 발끝에 부대끼고 뭉그러진 모서리마다 묵은 더께가 보인다. 시간에 닳고 손때에 절은 살림살이가 집안 구석구석에서 새물거리는 노인네 같다.

소소하고 수수한 것이 나와 함께 우리 집이 된다.

이런 집 꼴과 내 꼴을 아는 한 사람이 어느 날 편액 하나를 들고 와 거실과 주방사이 벽에 걸어 놓고 갔다. 편액에는 그가 붓글씨로 쓴 전서체의 고헌古軒이라는 글자가 돋을새김 되어 있다. 묵은 집이다. 그 뒤로 그는 나를 고헌이라 부른다.

밥그릇이며 국그릇, 접시를 거칠게 몰아붙인다. 딸그락 떨그럭 소리가 요란하다. '깨고 말 거야.' 입술을 지그시 문다. 어째 뒤통수가 서늘하다. 돌아보니 벽에 걸린 '古軒'이 나를 내려다본다. 이래저래 나는 묵은 집에서 고헌으로 산다.

감 그림자

동살에 비친 감나무 그림자가 거실 커튼에 진다. 그림자는 그대로 한 폭 수묵화다. 아직 걸려 있는 밝은 베이지색 여름 커튼 덕분이다. 그림을 감상하듯 한참을 바라보고 있는데 주름 위에서 동그란 그림자가 일렁인다. 잎사귀는 아니다. 순간 '까치밥이구나.' 했지만 그 또한 아니다. 그 까치밥은 왼쪽 끝가지에 달렸으며 안방 창문 앞이다. 감 그림자가 틀림없는데 그렇다면 다른 곳에…. 그럴 리 없다. 분명 하나만 남겨 놓았다. 엊그제 겨울을 재촉하는 바람에 감나무가 거의 알몸이다. 꺾이고 옹이진 모습까지 다 드러났지만 보이지 않았다. 발코니로 나간다. 우듬지부터 뒤진다. 말라서 바짝 오그라진 잎사귀 하나가 감을 슬쩍 가리고 있다.

'아, 저 자리….'

꽤 큰 단감나무를 사다 심었다. 새 터에서 뿌리내리고 열매를 맺으려면 3년을 기다려야 한다고 했다. 3년을 기다렸다. 그리고 또 몇 년이 더 지났다. 덩치로 보아선 줄잡아 서너 접을 따야 옳았다. 그런데 고작 4~50개를 넘지 못했다. 해마다 감꽃이 필 때면 기대를 해보지만 늘 마찬가지였다. 감 대신 무성해진 가지와 잎이 하늘을 가렸다.

군데군데 잎사귀 사이로 꽃을 달고 있는 어린 감이 보이기 시작하면, 고개를 뒤로 젖혔다 옆으로 비틀었다 하며 숨은 것을 찾기 시작했다. 그나마 눈에 띄던 것들 절반이 감또개로 되고 남은 것도 굵어지면서 툭툭 떨어졌다. 어쩌다 할 일없이 창밖을 내다보다가 나도 모르게 감나무를 쳐다보며 감을 세곤 하는 것이었다. 손가락질을 하며 세다가 "애야, 손가락질 하면 감이 떨어진단다." 하시던 할머니 말씀이 떠올라 눈으로 세기도 했다. 그럴 때마다 열매는 뒷전이고 제 몸집 불리는 데만 욕심 부리는 감나무를 한심스러워 했다. 그래도 맛만은 제 맛을 내는지라 옆에 있는 목련이며 라일락을 덮쳐도 그 가지를 잘라내지 못했다.

그러던 어느 해 감을 따고난 뒤였다.

거실소파에 앉아 뜰을 바라보던 남편이 고개를 좌우로 연방 갸웃거리더니 "어, 감이 하나 남았네." 했다. 신문을 뒤적거리던 나는 그럴 리 없다는 생각에 대꾸하지 않았다. 남편이 몸을 반쯤 일으키며 "저기 봐 감이 있다니까." 하며 목소리를 높였다. 그래도 신문만 뒤적이면서 빨간 잎을 감으로 본 것이라며 믿으려 하지 않았다. 남편은 답답한지 나를 자기 자리로 끌었다. 잎사귀 사이로 감이 보였다.

쉰 개가 될까 말까 한 감을 따려고 아들아이와 내가 얼굴을 쳐들고 목에 쥐가 나도록 뒤졌다. 보물찾기 하듯 장대로 가지와 잎사귀를 일일이 들춰가며 땄다. 그런데 감이라니…. 누가 보면 내가 남겨 논 까치밥인 줄 알았을 것이다. 하나 '부잣집 광에서 인심 난다.'고 설사 생각이 있다 해도 내 몫이 몇 개나 된다고 까치밥으로 남겨 놓겠는가.

감을 따자 기다렸다는 듯 바람이 거세게 불었다. 단풍도 채 들지 못한 시퍼런 감이파리가 뜰에 깔렸다. 잎사귀 두어 개가 그 바람을 견디며 감을 감싸고 있는 것이었다.

이미 새들이 입을 댄 뒤였다. 아무리 얀정머리 없이 군다 해도 탐낼 수 없는 것이 있나보았다. 내 눈에 띌까 봐 꼭꼭 숨겨 놓은 거라며 남편이 나에게 더미를 씌웠다. 그렇다. 남편의 말이 옳았다.

내 눈에 띄지 않게 하려고 숨겨 놓은 감이다. 하늘이 새들에게 내려 준 겨울 양식이다. 사람이 하지 않으니 하늘이 한 것이리라.

군것진 내 욕심보 때문인 것 같아 다음 해부터는 까치밥으로 두 개씩 남겨 놓기로 했다. 한데 그동안 까맣게 잊고 있었다.

이젠 감이 제법 열린다. 많게는 세 접도 딴 적이 있다. 수확이 풍성해지면 마음 둘레도 넓어지겠지 하며 하늘이 도운 것일까. 그러고는 기다린 것일까. 그러다 사람의 욕심이란 없어지는 것이 아니라 되레 돌처럼 굳어진다는 것을 눈치 채고 이번에도 숨겨 놓은 것일 게다. 그때의 그 자리에. 그리고 그림자로 보여준 것이리라. 거실로 들어와 감 그림자를 찾으니 그새 어디로 갔는지 보이지 않는다.

바람이 분다. 마지막 마른 잎이 한댕거리며 바람을 타고 내려오다 "톡" 땅에 떨어진다. 하늘에 까치밥 두 개가 오롯이 떠 있다.

눈꽃이 진 자리에서

심우 선생님.

요즘 나는 어릴 적 부르던 동요 하나를 자주 흥얼거립니다. 이번 겨울 우리 가족 넷이 날마다 한 밥상에 앉아 밥을 먹게 되면서 떠오른 것입니다. 선생께서도 아이들을 키울 때 자주 불렀다던 노래입니다.

토끼야, 토끼야 산 속에 토끼야/ 겨울이 오면 무얼 먹고 사느냐
흰 눈이 내리면 무얼 먹고 사느냐/ 흰 눈이 내려도 걱정이 없단다
엄마가 아빠가 여름동안 모아 둔/ 맛있는 음식이 얼마든지 있단다.

어디 노래뿐이겠습니까. 눈 쌓인 지붕 밑 창문으로, 오순도순 토끼가족이 보이는 그림도 떠오릅니다.

아이들이 초등학교를 졸업하면서 밥 먹는 시간이 제 각각이었고, 그나마 일요일이면 함께 하던 밥상도 대학에 다니고 직장에 다니면서 제멋대로였습니다. 지금은 아침 한 끼이긴 하지만 한 밥상에 앉아 먹습니다. 실로 오랜만에 된장찌개 뚝배기에서 숟가락 부딪히는 소리가 요란합니다.

선생께서도 알다시피 남편은 지난 연말로 정년퇴임했고, 아들아이는 제대 뒤 복학과 휴학을 번갈아가며 하다 겨우 졸업하고, 이제야 취업 준비한다며 도서관에 들락거리고 있습니다. 딸아이는 다른 일을 해 보고 싶다며 다니던 직장을 그만 두었습니다. 이렇게 해서 우리 가족 넷은 날마다 늦은 아침밥상에 둘러앉습니다.

밥상을 물리고 나면 으레 차 한 잔씩 마십니다. 차를 끓이는 사람은 늘 남편이죠. 딸아이와 서로 차를 끓이라며 실랑이를 벌이지만 번번이 남편이 집니다. 이런 분위기를 은근히 즐기는 사람은 바로 나입니다. 퇴직 전엔 일요일마다 차 한 잔으로 가족에게 서비스하면서 흐뭇한 표정을 짓던 남편입니다. 하지만 요즘 그 흐뭇해하는 표정 틈새로 처진 눈빛이 스치기도 합니다.

우리는 차를 마시며 시답지 않은 이야기로 웃고 떠듭니다. 다큰 아이들과 이렇게 담소를 나누어 본 적이 언제이었는지 새삼 꿈같기도 합니다. 저마다 한 아름 안고 있는 속걱정이 없을 리 없지만 서로 입 밖으로 내지 않습니다.

선생께서 사시는 곳엔 겨울 내내 눈이 쌓였다고 했지만, 이번 겨울 이곳 서울엔 눈다운 눈이 내리지 않아 눈 쌓인 적이 없습니다. 그리고 3월입니다. 지금 함박눈이 온 도시를 하얗게 덮고 있습니다. 3월 봄기운으로 눈꽃이 피고 있습니다.

그림보다 더 그림 같은 눈꽃 세상. 바라보는 것만으로도 해맑아지는 순간입니다. 이렇듯 순진무구한 물상을 대할 때면 한없이 순해지는 것은 나만의 느낌은 아닐 것입니다.

우리 집은 영락없이 눈 속에 묻힌 토끼 네입니다. 김이 모락모락 나는 커피 한 잔씩 들고 뜰이 보이는 창가로 갑니다. 아무도 일터에 갈 일 없는 우리 가족은 사람과 자동차가 눈 때문에 쩔쩔 매는 TV속 출근길을 뒷전으로 하고 나무마다 쌓인 눈꽃을 보느라 정신없습니다. 위험한 눈길에 출근할 사람 없어 걱정 안 하니까 정말 좋습니다. 그래서인지 하얀 풍경이 더없이 포근하게 느껴집니다. 남편에게 출근길 걱정 안 해 참 좋다니까, "그렇기도 하겠네." 하며 슬며시 자리를 뜹니다.

갑자기 할 일 없는 시간 안에서 어찌할 바 모르는 남편의 모습이 무중력상태에서 허우적거리는 우주인 모습처럼 보이곤 합니다. 30여 년을 넘게 우직하리만치 바깥일만 해 온 터라 그런지 자신을 위한 일이나 시간에 서툴러합니다.

딸아이가 취업준비를 시작했습니다. 아래층 공부방으로 가는 모습이 자신 있어 보입니다. 자기는 시험 운이 있으니 잘될 거라 하지만 운보다는 노력이지 싶습니다. 내가 염려할까 봐 위로해 주는 말이려니 합니다. 아들아이도 마음을 다잡은 듯 보이지만 미덥지 못합니다. 아직도 제 앞길에 확신을 갖지 못한 것 같아 안쓰러울 뿐입니다. 알면서도 바라만 볼 뿐 밥을 떠 먹여 줄 수는 없는 것이지요. 인내의 한계를 늘이며 지켜보는 중입니다. 겉으로 드러내지 못하는 우리 부부의 속은 그래서 속이 아닙니다.

그런데 참으로 이상한 것은 이렇게 답답한 처지인데도 나는 집안 그득히 찬 가족의 체온에 그저 신나기만 합니다. 머지않아 아이들은 자리를 찾아 제 생활에 몰두할 것이고, 자립이라는 명분을 세워 떠날 것입니다. 우리 부부 둘이 남겨지든 혼자 남겨지든 그때를 생각하면 이 시간이 참으로 소중합니다. 누군가가 나를 위해 마련해 준 선물 같아 하루하루가 아깝기까지 합니다. 오늘 내린

함박눈같이 말입니다. 눈 내리는 거리를 아이처럼 마냥 좋아할
순 없지만 사라지는 눈꽃을 보면 정말 아쉬운 것입니다.

　창가에는 나 혼자 서 있습니다. 어느새 각자 제 방으로 간 모양
입니다. 눈꽃은 햇살이 퍼지자 방울방울 물방울로 맺혀있다 시나
브로 사라집니다. 눈꽃이 진 자리에서 보이지 않는 기운을 느낍니
다. 이 기운이 봄을 재촉할 것입니다.

　겨우내 오순도순 서로 몸 비비며 지내던 토끼 네도 밖으로 나오
겠지요. 싱싱한 풀밭에서 풀을 뜯고 있는 토끼가족의 모습을 상상
합니다.

　꽃샘바람이 꽤 차갑습니다. 산중은 도시보다 봄이 늦어지지요.
선생 네 마당 끝 매화 향이 느껴집니다. 꽃이 지기 전 찾아 뵐
수 있었으면 참 좋겠습니다.

무엇이 그리 급한지

　남동생이 초등학교 1학년, 내가 4학년이던 겨울. 그 겨울에 아버지는 털장갑 한 켤레를 사오셨다. 누런색의 군인들이 끼는 장갑이 아니었나 싶다. 내가 탐내지 않았던 것도 아마 이런 까닭이었을 것이다. 궁핍하던 때다. 시골은 더 그랬다. 해진 옷에 찢어진 고무신을 신고 다니는 것은 예사였다. 여름이면 남자아이들 대부분이 아랫도리만 입고 다녔고, 여자아이들도 더러 그렇게 입고 다녔다. 겨울에 털장갑은 예쁜 것이든 미운 것이든 꿈도 꾸지 못하던 때다.

　다행히 우리에겐 직장을 얻은 아버지가 계시고 농사처도 있었다. 시오리쯤 되는 안양으로 출근하던 아버지는 월급을 탄 날이면 책도 사다 주고 운동화도 사다 주곤 하셨다.

겨울이면 동생 손이 퉁퉁 부어올랐다. 이런 동생이 학교를 다니게 되자 큰 맘 먹고 털장갑을 사 오신 것일 게다. 누런색에 크기까지 해서 볼품은 없지만 따뜻해 보였다.

겨울방학 어느 날, 아버지는 그 털장갑이 없어진 걸 아시게 되었다.

동생은 방학하던 날 깜빡 잊고 교실에 두고 왔다고 했다. 아버지는 나를 부르더니 동생을 데리고 가서 찾아오라고 하셨다. 내가 잃어버린 것도 아닌데 추운 날씨에 나도 가라고 하니, 아버지 처사가 야속하고 덜렁대기 잘하는 동생이 미웠다.

나는 들길에 서 있고, 동생은 들길 따라 걸어갔다.

눈 덮인 하얀 들녘에 드문드문 서 있는 나무들이 연필로 그린 밑그림 모습을 하고 있다. 낯익은 미루나무 곁에 새끼나무처럼 서서 동생을 기다렸다. 찬바람에 나뭇가지만 윙윙대고 이따금 눈가루가 반짝거리며 날릴 뿐이다. 언제 돌아올지 그리고 장갑을 정말 찾아올지 아무것도 알 수 없는 채, 그저 언 발만 동동거렸다. 한낮 들녘의 고요는 한밤중만큼이나 무섭고 길었다. 집으로 돌아가고 싶었지만 도로 쫓겨날 게 뻔하다. 차라리 동생과 함께 학교로 갈 걸 하는 생각을 잠깐 하기도 했다. 하지만 춥고 무서워도 이렇게 서 있는 게 낫다는 생각엔 변함없었다.

동생은 무엇이 그리 급한지 그때 벌써 내 키를 웃돌아 키로 보아선 오빠 같았다. 마을 사람들은 어째 누이보다 더 크냐며 키 큰 동생을 나무라는 것인지, 키 작은 나를 나무라는 것인지, 아무튼 나무라는 시늉을 하곤 했다. 이렇게 놀림 아닌 놀림을 받다 보니 동생과 함께 다니는 게 무엇보다도 싫었다. 작은 내 키가 창피해 더 싫었다.

2킬로 남짓 되는 학교까지 가려면 마을 셋을 지나야 하는데, 나보다 큰 동생과 함께 가는 것을 아이들이 볼까봐 싫었고, 학교까지 갔다 해도 혹 아는 선생님들을 만날 것 같아 싫었다. 분명 선생님은 '동생이 더 크네' 하며 놀란 듯 말할 것이다. 그래서 우리 마을이 보이지 않는데까지 와서 동생만 보낸 것이다.

아무도 오가지 않는 무섭고 추운 눈길에 서서, 털장갑을 흔들며 신나게 뛰어오는 동생 모습을 상상했다. 그러면 견딜 만 했다. 그렇게 얼마를 서 있었을까. 발장난치며 느릿느릿 걸어오는 동생이 보였다. 어디에선가 서성이다 오는 게 틀림없었다.

동생이 고등학교를 졸업한 뒤부터 나는 키 큰 동생과 스스럼없이 다녔다. 여자 친구끼리 여행할 때 큰 덩치가 믿음직스러워 함께 다니곤 했다.

나보다 키가 두 뼘이나 더 큰 동생은 언제나 허리를 구부려 내 키에 맞추곤 "누님" 하며 허허 웃었다. 좋을 때도 허허, 난감할 때도 허허, 큰 덩치에 싱겁게 늘 허허거리던 동생. 그러던 동생이 자꾸자꾸 작아졌다. 나이가 좀 더 들면 고향의 그 눈길을 함께 걸으며 털장갑 이야기를 하고 싶었는데, 그리고 그 털장갑을 정말 어디에서 잃어버렸는지 꼭 묻고 싶었는데, 무엇이 그리 급했을까. 몹쓸 병을 앓더니 먼저 가고 말았다.

하얀 눈길 멀리 시적거리며 걸어가는 어릴 적 동생 모습을 줌 렌즈로 당겨본다. 어느새 구부정한 중년 모습. 혼자 서 있는 내게 허허 너털웃음을 흘리곤 걱정 말란다. 그리곤 휘적휘적 걸어간다. 이제 내 서 있는 곳으로 다시 돌아오지 않을 텐데. 나는 손도 흔들어 주지 못하고 그저 바라만 본다.

3부

거울아 거울아

산이나 숲이라 해서 나무들만 살고
또 멋대로 살 수 있는 것은 아니다. 설령
나무만 산다 해도 어쩔 수 없는 다툼으로
서로에게 상처를 주고받을 수밖에 없다. 그래서
산이나 숲엔 목숨이 있는 것이든 없는 것이든
서로 견뎌내고 받아들인 흔적이 있다.
이런 흔적이 그리워 나는 때때로 숲을 찾는다.

– 본문 중에서

마른 꽃

떡과 묵은 김장김치가 친정어머니 보따리에서 나온다. 실은 떡
과 김치보다 먼저 나온 것은 노란 프리지어 한 다발이다. 내가
꽃을 좋아해서라기보다 어머니 당신이 꽃을 좋아하기에 우리 집
에 올 때는 무슨 꽃이든 꼭 가져오신다. 꽃향기에 어머니 냄새가
덤으로 얹혀있다.

열흘쯤 지나자 꽃이 곱게 마른다. 작은 항아리에 꽂아 우산꽂이
옆에 놓는다. 다른 쪽에도 석 달 전쯤 어머니 보따리에서 나온
카네이션 꽃이 마른 채 주둥이 떨어져 나간 구리주전자에 꽂혀있
다. 마른 카네이션 꽃에서 느껴지는 다사로움. 창호지에 바람을
걸러내고 들어 와 앉은 겨울햇살의 다사로움 바로 그것이다.

어머니와 가깝게 지내는 젊은 부부가 화훼농장을 하는데, 무료할 때면 그곳에 들러 꽃도 보고 일도 도와준다고 한다. 그러고는 꽃을 한 아름씩 들고 오신다. 아버지와 어머니 둘만 계시는 집은 그래서 늘 꽃집 같다.

우리 집에 올 때는 실한 것으로 골라 사 온다고 하신다. 그래서인지 꽃병에서도 봉오리들이 활짝 핀다. 꽃집에서 산 것 중에는 그대로 시들어 버리는 게 적잖이 있는 것이다. 꽃이 시들기 시작하면 빈 그릇에 꽂아 구석진 곳으로 옮겨놓는다. 그러면 곱게 마른다.

싱싱할 때는 잘 보이는 곳에 놓으려고 여기도 놓아보고 저기도 놓아보고 하지만 시들고 마르면 아무리 고와도 눈길이 잘 닿지 않는 곳을 찾게 된다. 꽃의 세월이 빚어 놓은 잔상 때문일까. 이상하게도 마른 꽃을 놓으면 그 언저리가 고요하고 고즈넉해진다.

어머니 생신날에 자식 육남매가 모였다. 이야기꽃이 피었다. 모두 자신들 이야기와 아이들 이야기다. 초등학교에 다니는 아이부터 대학교에 다니는 아이의 이야기까지이니 속 썩는 얘기며 또 자랑거리가 얼마나 많겠는가. 아버지와 어머니는 멀찍이 앉아 그저 듣고만 계셨다. 그리고 이따금 엷은 웃음으로 참견하셨다. '그래 그런 거란다. 너희도 우리 속을 그렇게 썩었단다. 그게 부모란다.' 우리를 바라보는 눈빛이 이렇게 말씀하시는 듯 했다. 다 알고 있는 것이기에 그럴 것이다. 그 날 두 분은 그렇게 뒷자리에서 웃고만 계셨다. 아, 그 모습이 바로 마른 꽃이었다.

당신들이 있던 자리에 자식들이 있고, 그 자식들 자리에 자식의 자식들이 싱싱하게 자라고 있다. 이제 아버지와 어머니는 자식들에게 환한 자리 내 주고 마른 꽃처럼 뒷자리에서 고요하다.

머지않아 내 모습도 마른 꽃이 될 것이다. 아니 꼭 그렇다고 말할 수 없다. 꽃이 마른다 하여 모두 마른 꽃으로 볼 수 없듯이 나이만 든다고 되는 게 아닐 것이다.

친구의 딸아이가 음대에 지원했다. 시험 결과를 기다리는 친구에게서 지독한 단내를 맡았다. 부동산 투기로 돈을 번 사람이 있다. 허구한 날 돈 벌 궁리만 하는 그에게서 어느 날 쉰내가 나는 것이다. 나는 가끔 나의 냄새도 맡는데, 찌든 내를 풍길 때는 무엇엔가 집착할 때이다.

나이 드는 것이란 꽃이 제 물기를 말리고 무향이 되듯 그렇게 내 몸에서 풍기는 냄새를 말리는 것. 그리고 번거로움에서 벗어나 멀찍이 앉아 있는 것이리라.

마른 꽃 앞에 바짝 다가앉는다. 금방 푸새한 무명헝겊 냄새가 어디에선가 풍겨왔다가 이내 사라진다. 고향집 빨랫줄에 널렸던 마른 홑청의 그 수수한 냄새다. 요즘 들어 자주 코끝을 스쳐가곤 한다.

두 여인

창으로 넘어 온 아침 해 한 자락이 바구니에 담긴다. 바구니에 넣어 둔 찹쌀 봉지가 생각난다. 시골에서 얻어 온 것이다. 여름 내 쓰고 남은 것을 깜박했다. 벌레집이 주렁주렁 달려 나오고 하얗게 쌀가루도 묻어난다. 한 움큼이나 될까 말까 한 것을 버릴까 하다 신문지 몇 장 겹 접어 키질을 해 보기로 한다. 설거지를 미룬 채 부엌바닥에 쪼그리고 앉는다.

어느새 바구니에서 반쯤 빠져 나온 햇빛이 나를 비춘다. 쪼그리고 앉은 그림자가 낯설지 않다. 이 낯설지 않은 느낌을 따라가 본다. 고향 집 마당 끝에 어머니가 앉아 계신다. 키질을 하신다. 그래 이렇게 앉아서 하셨지.

어머니는 키질을 참 잘 하셨다. 동생이 머리에 쓰고 질질 끌던 키를 부채질하듯 마음대로 까불러 대셨다. 얼마나 오래 쓴 키일까. 구멍 난 곳을 천으로 꿰맨 낡은 키는 낟알에 섞인 그 어느 것도 그대로 두지 않았다. 광엔 제 차례를 기다리고 있는 새 키가 숨을 죽인 채 걸려 있다.

타작이 끝나면 낟알 섞인 티끌을 모아 키질을 하셨다. 알맹이 하나를 얻기 위해 수십 번의 키질도 마다하지 않으셨다. 아까워서만 그러는 것 같진 않았다.

티끌과 알맹이. 이것들은 섞여 있으면 아니 되는 것들. 어떻게 하든 갈라놓으려는 속셈이 굳게 다문 입 모양에서 드러났다. 사람들이 보고 혹여 당신의 속내를 짐작할까 봐 그리도 엄하게 알맹이를 골라내셨는지도 모른다. 키를 놓고 머리 수건 벗어 먼지를 털어내는 몸짓에선 무언가 또 다른 것을 키질해 까불러낸 듯 후련함이 내비쳤다.

까부를 때마다 키 밖으로 떨어져 나가는 헛것들. 그것을 보며 마음 헤적거리는 생각을 좇아, 어머니는 계속 키질을 하신 것일 게다. 티끌더미는 어머니의 보이지 않는 모습을 드러내는 거울 같은 것이었을 테니 말이다.

날아가라

날아가라

알곡만 남고

헛것은 모두 날아가거라.

모두 날아가거라.

아픈 허리 펴며 마음 허리도 곧추세우셨으리라.

　내게 키질하는 어머니가 떠오른 것. 쪼그리고 앉은 그 때의 어머니 마음과 지금의 내 마음이 여기쯤에서 만난 것일 게다. 우연이라 해도, 털어낼 것 많은 딸을 일깨워 주려는 어머니 기도였을 터이다.

　보는 것 듣는 것이 나이대로 늘면서 삶에 꼬투리로 이것저것 달린다. 그런데도 스스로 느끼는 무게는 가볍기만 하다. 여물지 못해 허울뿐인 꼬투리 때문이리라.

　자신을 쪼개고 부수어 키질해야 할 것을 이 나이 되어서야 안다. 헛것들이 흩어지고 나면 알맹이에 귀 대고 숨소리를 들어야 할 일이다. 이 숨소리에 내 숨소리 닿아 한 호흡 되면, 나도 어머니처럼 아픈 허리 펴며 마음 허리도 곧추세워야 하리.

허울로 가득 찬 내 안에서 이따금 무언가가 꿈틀대는 느낌에 숨이 가빠진다. 들숨을 깊게 날숨을 길게 뿜어낸다. 그러면 까닭 없이 나를 짓누르던 외로움과 상실감이 슬금슬금 뒷걸음치듯 사라진다. 이렇듯 나를 꿈틀거리게 하는 힘의 자리가 어디인지 더듬어 간다.

고무신 신고 갈 곳, 아니 갈 곳 가리지 않고 다니시던 어머니. 이런 어머니의 휘어진 등을 보며 그 모습 닮을까 봐, 나는 구두 신고 갈 곳만 찾아 다녔다. 그러나 그 뿐이다. 내 안에서 살아 숨 쉬는 것엔 '어머니'라는 알맹이도 있는 것을 어쩌랴.

세월이 육신을 빈 껍질처럼 헐어내지만, 그 껍질 채울 또 다른 알맹이 기다린다는 것을, 어둑한 내가 알지 못할 때 떠오른 어머니의 키질 모습.

어머니 세월을 20년쯤 당겨 놓고 본다. 아니다. 내 나이를 20년쯤 늘려본다. 우리 서로 닮았다. 가슴에 남은 알맹이도 비슷할까. 어쩌면 내 안에도 어머니 안에도 서로 모를 알맹이가 하나 더 있을지 모르겠다.

어머니와 나, 결국 닮은 두 여인일 수밖에 없는 것을.

어머니가 부르는 노래

스물 살 처녀는 자기보다 네 살이나 어린 총각에게 시집가기
싫어 끝내 몸져 눕고 만다. 하지만 호랑이 같은 아버지 말씀을
거역할 수는 없다. 그나마 위로가 된 것은 '신랑감이 훤칠한 키에
나이답지 않게 어른스럽다.'라는 중매쟁이의 말이다.

집안의 장손이던 외할아버지는 젊은 시절 한량으로 지내다 끝
내 장자권까지 빼앗기셨다. 식솔을 거느린 뒤에야 정신을 차리셨
다. 장손으로 누리던 가멸찬 삶을 내려놓은 외할아버지의 살림살
이는 생각보다 궁핍했다. 하여 어릴 때부터 없는 살림살이 거들던
딸이 안쓰러워 넉넉한 집안으로 시집보내고자 한 것이다. 그렇다

고 딸의 심정을 어찌 헤아리지 못했으랴. 외할아버지는 딸의 심성을 믿으면서도 "너 정말 힘들거든 내게로 다시 오너라." 하셨다고 한다. 가족의 흐트러진 모습엔 불호령을 치셨지만 외할아버지의 손길은 늘 따뜻했다.

어머니는 연로하신 시할아버지와 홀시어머니 그리고 시동생 시누이가 있는 집에서 맏며느리로 시집살이를 시작했다. 넓은 집에다 곳간에 있는 항아리마다 가득 채워진 곡식을 보며 살림하는 재미에 행복했다. 하지만 그것도 잠시, 어느 날 아침에 폭격을 당한 집에서 사람 목숨만 간신히 건졌다. 1·4후퇴 때라 했다. 휴전이 되자 학업을 계속하고 싶어 하는 아버지 때문에 어머니는 기울어가는 가세를 혼자 꾸려가야 했다. 농사지으며 어른 모시랴 자식 키우랴 거기다 남편 뒷바라지까지 해야 했다. 아버지는 돈이 필요하면 쪽지 편지를 남겼고 어머니는 어떻게 해서라도 마련해 교복 주머니에 넣어 주었다.

맏이인 나는 지금도 발목과 손목이 드러나는 교복차림에 낡은 가방을 허리춤에 끼고, 색 바랜 교모를 반으로 접어 한 손에 쥔 채 안마당으로 들어서던 아버지 모습을 생생하게 기억한다. 아버지는 무슨 꿈을 꾸셨을까. 어린 나이에 주어진 짐이 너무 버거워 꿈을 버리신 걸까. 환한 웃음 뒤엔 늘 공허함이 달무리처럼 지는 것을 나는 느낀다.

학교 문턱에도 못 가 보았다는 어머니는 어깨너머로 배웠다는 한글 뿐 아니라 웬만한 한자까지 읽고 쓰신다. 처녀 때는 책 읽기를 좋아하였다며 춘향전 이야기를 하셨다.

집 앞을 지나는 이 도령에게 반한 춘향. 하지만 박색이던 춘향이는 말 한마디 못 해보고 끝내 상사병을 앓다 죽고 만다. 그 원혼을 달래기 위해 써진 것이 요즘 우리가 알고 있는 춘향전이라 했다.

내가 결혼해서 처음 집을 장만했을 때 어머니는 우리 집에 오셔서 거실에 누우셨다. "하늘이 보이는구나. 이렇게 누워서 하늘 보이는 집이 좋은 집이란다." 그 뒤 다시 집을 지어 이사했을 때 나는 방마다 들어가 어머니처럼 누워 보았다. 그리고 이 좋은 집에서 오래오래 살아야겠구나 하고 생각했다.

어머니는 자기주장이 강한 외향적인 성격이다. 자식들에게 살갑게 대하기보다는 엄하게 대할 때가 더 많아 나와 동생들은 상처를 받기도 했다. 그러나 내성적이고 소심한 나는 가끔 활달하고 당찬 어머니를 닮았다면 좀 더 활기차게 살 텐데 하는 생각을 하기도 했다. 이처럼 당당한 어머니도 나를 만나면 동생들에 대한 불만부터 아버지에 대한 불만까지 털어 놓곤 하셨다. 아버지를 향한 원망과 연민을 푸념으로 풀어놓을 때는 짐짓 모른 척도 했다.

언제인가 가족모임이 있던 날이다. 남동생이 느닷없이 아버지께 노래를 청하는 것이 아닌가. 순간 아버지도 당황했는지 멋쩍어하며 자리를 피하려고 하셨다. 그때 대뜸 "아버지 대신 내가 부르마." 하며 어머니가 나섰다. '오늘도 걷는다마는 정처 없는 이 발길…' 음정 박자를 무시한 채 부르는 어머니의 노래를 들으며 우리 모두는 우스워 데굴데굴 굴렀다.

얼마 뒤 어머니의 칠순 때였다. 하객들의 청에 못 이겨 아버지가 노래를 부르셨다. '오늘도 걷는다마는…' 어머니가 불렀던 〈나그네 설움〉이다. 아버지가 즐겨 부르는 노래 그리고 어머니가 아버지 따라 부르는 노래. 그 노래가 〈나그네 설움〉이란 것을 나는 그때 안 것이다.

아버지의 노래가 끝나자 어머니가 마이크를 채가듯 가져가더니 노래를 부르시기 시작했다. '…섬 마을에 철새 따라 찾아 온 총각 선생님, 열아홉 살 섬 색시가 순정을 바쳐 사랑한…' 불안한 음정과 박자를 거들려는 며느리를 물리치고 2절까지 부르시는 거였다. 내가 좀 의아해하며 놀란 표정을 짓자 옆에 있던 막내 동생이

"엄마는 저 노래만 부르셔. 그것도 꼭 2절까지. 음정과 박자는 안 맞아도 노랫말은 토씨 하나 안 틀리고 완벽하게 부르신다니까." 했다. 동생은 그저 어머니가 좋아하는 노래로만 여기는 것 같았다. 하지만 나는 동생의 말을 듣는 순간 가슴이 아렸다.

틈만 나면 애들이 보고 싶다는 핑계로 오셔서 속내를 털어 놓던 어머니의 모습. 그럴 때마다 어머니에게서 보이는 여자의 모습을 외면하고 애써 어머니 모습만 보려 했다.

〈섬마을 선생님〉만 부르는 어머니. 굳이 왜 이 노래만 부르느냐고 물어 무엇 할까.

묻는 사람이 없다

"탁", 땅바닥에 떨어지는 소리다. 아차. 하지만 이제 어쩌랴. 사람 목숨만 하늘에 달렸을까. 미물의 목숨도 하늘에 달렸으리라. 애써 하늘 뜻에 맡긴다.

금방 뽑은 것이라며 아는 사람이 다 저녁 때 솎음배추를 한 아름 가져왔다. 젖은 흙에 벌레 먹은 잎 거기다 시든 밤나무 꽃까지 섞여 여간 지저분한 게 아니다. 어린잎 하나를 씹어보니 빳빳하고 아삭거린다. 매우면서도 고소한 것이 제법 배추 맛을 낸다. 거실 바닥에 신문지를 펴놓고 다듬는다. 물김치를 담글 생각이다.

배춧잎에 달팽이가 붙어있다. 다른 벌레들도 있나 들추어 본다.

날개 있고 다리 있는 것들이 붙어 올 리 없다. 달팽이가 붙어 있는 배춧잎을 따로 떼어 놓는다. 낯설어 그러는 것일까. 밤이 낮처럼 환해 놀라서 그러는 것일까. 옴쭉도 않는다. 여기가 어디인지 어떻게 온 것인지 곰곰이 생각해 보는 모양이다.

어딘가 가려고 움직이긴 했지만 이렇게 낯설고 먼 곳은 아니었을 테다. 그저 물기 있는 좀 더 싱싱한 잎사귀로 가려고 했을 터인데. 김포에서 화곡동까지 왔으니 말이다.

'그랬다. 배춧잎 사이를 느리게 오고 있었다. 지금도 여전히 배춧잎에 붙어있지 않는가. 그런데 벅차면서 설레는 느낌이다. 새로운 무엇이 나를 기다리고 있는 것만 같다. 더듬이를 세우고 어딘가를 향해 끊임없이 움직이도록 내 안에서 늘 보챘다. 쉬지 않고 기어봐야 1분에 5센티미터다. 내 힘으로 어디를 갈 수 있다 말인가. 그런데 지금 다른 세상에 와 있는 게 분명하지 않은가. 어떻게 온 것일까. 혹시 내 등에 날개가.'

화들짝 놀란다. 내가 잠시 달팽이가 되었나 보다.

달팽이가 꼼지락거린다. 더듬이를 바짝 세우고 갈 곳을 찾는 눈치다. 얼른 집어다 앞마당 풀밭 쪽으로 던진다. "탁". 바닥으로 떨어지는 소리가 난다. 차마 보러 나갈 엄두를 내지 못한다. 아침에서야 겨우 뜰에 나가 짐작이 가는 곳을 살펴보니 온데간데 없다. 한시름 놓는다.

초등학교 때 꿈이 무엇이냐고 물으면 얼른 대답을 못하고 우물쭈물댔다. 가슴엔, 화선지에 물감 번지듯 여러 가지 색깔이 번지고 있었다. 하지만 무엇이 되고 싶은 건지, 무엇을 하고 싶은 건지 짚어 내질 못했다.

지금도 여전히 제목 없는 밑그림에 더듬더듬 붓질을 할 뿐이다.

나이 들어 글공부를 꿈꾸어 본 적 있던가.

붓글씨를 배우러 다닐 때다. 선생은 나를 신입회원에게 소개할 때면, A여고 문예부장이었다는 말을 빼놓지 않고 했다. 그러나 문예부장은커녕 문예부에서 활동한 적도 없다. 내 안의 움직임을 나보다 먼저 알아챈 선생이 나를 글 쓰는 길에 내려놓은 것이다. 적지 않은 나이에 스승 만나 글을 쓴다. 뛸 줄도 모르고 날 줄도 모르는 내가, 조금씩 그리고 느리게 달팽이처럼 움직이다 얻은 행운이다.

내 안에서 흔드는 더듬이 따라 움직움직 움직인다. 선이 되고 색이 된다. 뜯어 붙이기 그림 보듯 멀찍이 놓고 보면 움직인 자국에서 어떤 형상이 보인다.

눈을 감고 있으면 작은 방에 동그마니 소반小盤 하나 놓인 그림.

내 삶과 내 꿈을 찍어낸 판화다. 눈을 감아야 보이는 그림이다. 좀 더 화려해도 좋으련만, 언제나 작고 보잘 것 없는 것만 떠오른다.

그래도 이런 상상을 하노라면 가슴이 벅차오르며 설렌다. 이 느린 움직임이 그려낼 그림. 그리고 이렇게 그려진 그림에 누군가가 붙여줄 제목을 생각하면 말이다.

비비추 잎사귀 밑에서 달팽이가 움직거린다. 어디로 가느냐고 묻는다면 어릴 때 나처럼 우물쭈물 댈까. 그래도 예까지 왔으니 물어 보자.

"어디에 닿든지 조금씩 그리고 느리게 움직이는 것뿐입니다." 하얀 목을 빼고 기웃거리는 모습이 이렇게 답하는 것 같다.

느린 움직임. 이 움직임 흔적이 삶의 무늬로 드러나리라.

내게도 누군가가 다가와 꿈이 무엇이냐고 물으면

"달팽이와 함께 배추밭을 가꾸는 것"이라고 할 텐데, 묻는 사람이 없다.

고새 달팽이가 몸을 숨긴다.

나도 얼른 들어가 어젯밤 다듬어 놓은 배추로 물김치를 담가야겠다.

거울아 거울아

바위 사이로 쪽빛 물이 흐른다. 물소리는 들리지 않는다. 계곡 물도 속이 깊으면, 흐르는 듯 아니 흐르는 듯 그렇게 속으로 흐르는가 보다.

절로 탄성이 터지는 주왕산 절경을 바쁘게 휘둘러보곤 내려왔다. 천천히 보면서 눈에 담아두지 못한 것이 아쉬웠지만 짧은 일정에 맞추려니 어쩔 수 없었다. 다시 한 번 오기로 하고, 물속에서 왕버들이 자란다는 주산지主山池로 향했다.

오후 햇빛이 주산지에 잦아들고 있다. 핼쑥해진 초겨울 산 능선이 못 속에 거꾸로 잠겼다. 왕버들이 정말 물속에 서 있다. 갑자기 한기가 느껴져 몸을 옹송그렸다. 사진에서 보았던 화려한 빛을 거두어들인 먹빛의 조촐한 모습이다. 숲속 나무들은 바람과 맞붙기라도 한 듯 잉잉거리는데, 물속 늙은 왕버들은 잔가지만 소리 없이 흔들고 있다.

땅에서 살고 싶은 마음 얼마나 간절했을까. 땅으로 올라오려다 멈춘 듯 엉거주춤 물가에 서 있는 게 안쓰러워 혀를 찼다. 하지만 나무는, 네 몸도 아닌데 웬 호들갑이냐고 나무라는 표정이다. 100년도 넘게 물에서 산 나무란다. 그럴 만 하다는 생각이 들었다.

땅으로 오르고 싶은 마음 참고 견디느라 그랬는지 앙바틈해진 몸통. 물 밖 세상에 대한 욕심 다스리느라 그랬는지 성글어진 가지. 그리고 안으로만 채우려 했는지 나이에 비해 작달막한 키. 주산지 나무들은 수려하지도 풍성하지도 않다. 하지만 예사롭지 않은 생김새에서 묘한 기운이 감돈다. 이 묘한 기운. 물 속 흙을 찾아 뿌리 내리고 견뎌낸 나무의 표정이리라.

물에 순응하며 산 나무들의 표정 때문일까. 주산지 풍경은 아름답다.

왕버들을 비추고 있는 주산지는 물거울이다.

물거울 주산지엔 봄 여름 가을 겨울, 철 따라 세월 따라 변하는 왕버들의 모습이 비친다.

왕버들은 늘 물속을 내려다보았을 것이다. 봄날 연녹색 화사한 몸놀림에 감탄했을 테고, 바람 불고 비오는 날 흔들리고 꺾여지는 모습에 참담했을 것이다. 그리고 겨울 칼바람에 오돌오돌 떠는 모습 보며 모멸감도 느꼈을 테다. 갈등하고 방황했을 나무. 자기 모습을 볼 수 있어 더 외로웠을 나무. 이 외로운 나무가 할 수 있는 것은 무엇이었을까. 그들에게로 다가가 귀를 기울였다. 그들의 들리지 않는 음성이 내 가슴 한가운데를 윙윙거리며 지나갔다.

물속에 비친 자신의 모습을 보고, 묻고 또 물었다. 앉지도 눕지도 못하고 선 채로. 시시로 변하는 것을 보며, 어떤 것이 변함없는 참 모습인지를, 또 어떤 것이 금방 사라질 헛된 모습인지를.

계절마다 자기 모습이 달리 보이지만 자기는 언제나 왕버들이라고. 자기는 왕버들일 뿐이라고. 그리고 이제 더 이상 물속을 들여다보지 않는다고 했다.

마른 이파리 한 장 걸치지 않고도 담담한 왕버들 앞에서 나는 겹겹으로 껴입고도 덜덜 떨었다. 내가 두려워하는 것이 무엇인지 물속을 들여다보았다. 하나 물속엔 오직 능선과 늙은 왕버들만 비치고 있다.

그 동안 거울을 보지 않기로 했었다. 화장을 해도 별로 달라지지 않는다는 것을 알아챘다. 머지않아 겨울나무처럼 드러날 모습에 거울보기가 두려웠다. 더 솔직히 말하면 거울엔 언제나 볼품없는 내 모습만 비쳤다.

그런데 요즘 나는 거울을 자주 들여다본다. 어딘가에 숨어 있을, 나다운 표정을 찾으려는 것이다. 나다운 것이 어떤 것인지, 구겨진 종이 펴듯 찌그러진 표정을 이렇게 저렇게 바로 잡아본다. 표정은 얼굴모양이 아니라 내 삶의 모양이기에 말이다.

옛말에, 내 모습을 보려면 거울에 비춰볼 것이 아니라 사람에게 비춰보라 했다. 하지만 나는 나다운 표정을 지을 때까지 아니 내가 나인 것을 알 때까지 거울에 비춰 보기로 했다.

깨진 거울로도 온전한 나를 볼 수 있고, 일렁이는 물속에서도 온전한 나를 볼 수 있도록, 누가 무어라하든 나는 거울 앞에 서서

"거울아, 거울아, 나를 보여 다오."하고 날마다 주문을 외울 것이다.

나는 때때로 숲을 찾는다

야외 어느 식당이다. 돌과 항아리로 오밀조밀 꾸며 놓은 풍경에 이끌려 안마당까지 들어온다. 갖가지 분재가 넓은 마당에 가득하다. 식당 주인의 솜씨라 한다.

기기묘묘한 수석과 어우러진 분재들을 보며 새삼 신기해한다. 숲이라면 머리를 한껏 젖혀도 그 끝이 아득해 보였을 소나무와 상수리나무 그리고 느티나무 따위의 정수리를 느긋이 내려다본다. 어디 정수리뿐이랴. 그들의 몸을 속속들이 들여다본다. 분재가 아니라면 사람의 키로 어찌 이들을 내려다 볼 수 있으랴. 나무 앞에서 거만해지는 순간이다. 하지만 이 거만한 기분은 그리 오래 가지 않는다.

거목으로 자랄 것을 이렇듯 앙증맞게 키우기란 그리 쉽지 않을 것 같다. 모르긴 해도 식당주인은 한시도 마음도 손도 놓지 못하고, 때맞추어 양분과 물을 주고 햇볕까지 가려 받게 하면서 자식 키우듯 했을 것이다. 그런다면 화분의 나무는 이러한 정성을 어떻게 받아들일까. 사람이 자신을 사랑한다고 여길까. 가지를 비틀고 잘라내고 자라지 못하도록 얽어매서, 작고 희한하게 된 자기 모습에 만족할까. 사람의 눈길이 모이니 행복해 할까. 모를 일이다. 다만 나는 '내 맘대로 살고 싶어요.' 하는 아우성이 들리는 듯하여 서둘러 발길을 옮긴다.

마당가 나무들은 제 멋대로 자라고 있다. 참 다행이다. 돌 틈 사이에 핀 들꽃과 항아리가 어우러진, 고향집 뒤란 같은 풍경. 그 풍경 너머로 눈길을 당기는 나무가 있다. 그리로 간다.

나무는 할아버지의 마른 정강이처럼 희끗거린다. 덩치는 크지 않지만 구불구불 태가 잡힌 수형을 보아선 나이든 나무임에 틀림없다. 고목이라 하기엔 아직 그 태가 어설퍼 보인다. 군데군데 무더기로 올라온 잎과 꽃봉오리가 신기해 보여 발길을 이리로 돌린 것이다. 가까이 다가가 발돋움을 하고 살펴보니 다른 꽃나무를 화환처럼 만들어 붙여 놓은 것이다. 5월 봄기운에 꽃나무 뿌리가 이 나무에 내리고 있다. 죽은 것이라 흉하게 보일까 이렇게 꾸며 놓은 것 같다. 예사롭지 않은 식당주인 솜씨에 또 한 번 놀란다.

왠지 나무가 애처로워 보인다. 무심코 우듬지까지 닿은 눈길. 가지 끝에 연둣빛 이파리가 드문드문 돋아있다. 아, 살아 있는 나무다. 순간 오싹한다. 내 몸에 뿌리가 내린 듯 이곳저곳이 욱신 거리며 쑤신다. 도대체 이 나무는 어떻게 견디고 있는 것일까. 서너 걸음 물러서서 나무를 물끄러미 바라본다. 구름 그림자가 몇 차례 지나간다. 쑤시고 욱신거리던 느낌이 사라진다. 이제야 순하고 담담한 나무의 모습이 내 안으로 들어온다.

나무는 아무렇지 않은 듯 한낮 볕에 졸고 있다. 자기 몸에 다른 생명의 뿌리가 내려도 묵묵히 서 있다. 또 다른 자기 모습을 완성 시키고 만족해하는 듯도 하다. 어떠한 삶의 무게도 어깨에 내려앉 은 햇볕쯤으로 그리 가볍게 여기는가 보다. 아니면 여생을 두루두 루 사이좋게 지내려는 것일까.

사람과 가장 비슷한 게 나무라 한다. 한 곳에 뿌리 내리고 살려 는 대부분의 사람과 나무가 닮았다는 말이다. 살던 터에서 옮기면 새 터에 뿌리를 내릴 때까지 몸살을 앓는 것 또한 그렇다. 그러고 보면 나무의 생각을 상상해 보는 내 버릇도, 나무를 내 몸처럼 느끼는 것도 우연한 것이 아니었나 보다. 정성들여 나무를 가꾸는 것이 사람의 욕심이라 해도, 나무는 묵묵히 견디며 그 자리를 지키려 한다. 어떤 사람은 이런 나무의 모습을 보며 삶의 슬기를 터득한다고 한다.

산이나 숲이라 해서 나무들만 살고 또 멋대로 살 수 있는 것은 아니다. 설령 나무만 산다 해도 어쩔 수 없는 다툼으로 서로에게 상처를 주고받을 수밖에 없다. 그래서 산이나 숲엔 목숨이 있는 것이든 없는 것이든 서로 견뎌내고 받아들인 흔적이 있다. 이런 흔적이 그리워 나는 때때로 숲을 찾는다.

분재와 늙은 나무가 참고 견딘 의미를 이들이 간직한 흔적에서 찾는다.

가던 길 멈추고 돌아서서 나무를 바라본다. 연둣빛 이파리가 흔들린다.

물속에 있는 돌

먼지를 뒤집어 쓴 조약돌이 항아리 뚜껑 위에 있다. 처음엔 장독대 바닥에 모아 놓았던 것이다. 한데 오가는 발길에 채여 떨어진 것이 흙 속에 묻히는지 아니면 보이지 않는 곳으로 굴러 가는지 갈수록 줄어든다. 그래서 항아리 위에 올려놓은 것이다.

물속에서 돌이 반짝인다. 하얀색 검은색 갈색 그리고 어린아이 볼처럼 발그레한 색. 물속에서 모두 보석처럼 빛난다. 하나씩 건져 손바닥에 놓는다. 손 안에서 물기가 마르자 그리도 곱던 빛깔이 사라진다. 잘못 골랐나 싶어 물속에서 다른 돌을 또 건진다. 마찬가지다.

환상처럼 사라지는 돌 빛. 그 돌 빛은 바닷물과 햇빛의 조화인 것을.

속는 줄 뻔히 알면서도 물속에서 비치던 빛이 사라지면 버리고 또 건지고 하기를 계속한다. 그러다 아쉬운 마음에 한 움큼 들고 온 것이다.

돌에 마른버짐이 핀다. 바닷물에 던지고 올 걸 괜한 욕심을 부렸나보다. 생명체는 아니지만 되돌아갈 세월을 기다리는 것 같아 안쓰럽다. 그나마 단단한 제 속성만은 그대로 간직하고 있는 것을 다행이라 여기며 물끄러미 바라본다. 문득 입으로 하는 말에 형상이 있고 무게가 있다면, 그렇다면 뱉어낸 말은 금방 부서지는 가벼운 푸석돌일 거라는 생각에 이른다. 말도 내 안에 있을 때 그 의미가 더 깊어지는 게 있다. 그래서 침묵이 금이 되는 수도 있는 것이리라.

말이 부쩍 많아졌다. 그래서 실수를 더 하는 것 같다. 어딜 가나 다른 사람보다 말을 더 하려고 한다. 말 욕심에 될 말 안될 말 토해낸다. 그러곤 뒤늦게 누군가의 마음을 다치게 한 것에 후회한다. 하지 않아도 될 말을 해서 모자람이 드러나기도 하고 가벼움이 드러나기도 한다. 어떤 때는 옹졸함까지 드러난 것을 깨닫는다. 그것을 깨닫는 순간 얼굴만 화끈거릴 뿐이다.

누군가를 만나 말을 많이 한 날은 알밤 빠진 밤송이처럼 껍데기만 남은 듯 허전하기도 하다. 마음에서 굴리던 빛깔 고운 생각도 말해 놓고 나면 빛을 잃고 푸석거린다.

말을 줄이기로 한다. 참말이라는 것, 아는 것만큼 하는 것이고 보면 나는 아는 것이 별로 없어서 이렇게 다짐을 하는지도 모른다. 하지만 말 참는 게 그리 쉬운 일이 아니다. 금방 입으로 터져 나오려는 말. 그것이 남의 흉일 때는 더 그렇다. 그래서일까. 어쩌다 하고 싶은 그렇다고 꼭 해야 할 말도 아닌 그런 말이라도 '으흠' 하고 참으면 속이 꽉 차는 느낌이다.

신중하게 말하는 사람을 속이 깊다 한다. 생각이 깊다는 것일 테고 그것은 생각이 마음에 오래 머물렀다는 것과 같은 것일 게다. 장독에서 오랜 시간 숙성된 장은 그 누가 먹어도 좀체 탈이 나지 않는다. 마음에 오래 머무른 말도 이와 같아서 날 선 말투는 둥글둥글해지고 거친 목소리는 부드러워지면서 상대를 배려하게 되는 것이다.

조약돌에 묻은 먼지를 후후 불어내곤 두어 개 집어 든다. 공깃돌 굴리듯 굴려본다. 부드러운 촉감과 단단한 기운이 묘한 조화를 이루어 내 안으로 스민다. 아마 파도에 부딪히고 깨질 때 크게 소리치고 싶었을 텐데 신음조차 내지 않으려고 참고 견딘 만큼의 무게이며 유연幽然일 것이다. 그래서 물속에 넣으면 다시 제 빛깔을 내는 모양이다.

유리그릇에 물을 담아다 마른버짐 핀 돌을 넣는다. 물 위로 거미줄 그림자가 일렁이자 물속에서 다시 반짝인다.

거시기 꽃

미술관 가는 마을버스 정류장에서 친구를 기다린다. 눈에 익은 덩굴이 담을 타고 오른다. 늦여름 덩굴에 꽃 몇 송이 달렸다. 바쁜 걸음으로 다가오는 친구에게 꽃을 가리키는데, 꽃 이름이 떠오르지 않는다.

"이 꽃 이름이 생각나지 않네, 뭐지?" 하니까 친구도

"나도 생각 안 나는데." 한다.

"뭐야, 그럼 우리 때가 된 거야."

친구도 웃고 나도 웃는다. 빛바랜 꽃잎 하나가 우리 앞으로 떨어진다.

그림을 감상할 때도 차를 마실 때도, 꽃 이름을 생각해 보지만

떠오르지 않는다. 친구도 그런지 헤어질 때까지 꽃에 대해선 한마디도 꺼내지 않는다.

이렇게 물건 이름이 떠오르지 않는다거나, 말하다가 낱말이 떠오르지 않는 일을 요즘 심심찮게 겪는다. 그 생각나지 않는 말을 대신해 줄 '거시기'라는 대명사가 있는 걸 보면, 누구에게나 생기는 일이지 싶다. 그러나 나처럼 자주 겪는다면 나이 탓이리라.

꽃 이름이 도무지 떠오르지 않는다며 툭툭 머리를 쳐대는 내게 딸아이는, "이번엔 꽃이에요" 하며 어떻게 생겼느냐고 도와줄 것처럼 두어 번 묻는다. 하지만 그냥 하는 말이란 것을 나는 잘 안다. 들은 척도 않는다. 무슨 일이 있어도 내가 알아낼 것이다.

지난해 여름이다. 성북동 길상사에 갔을 때 고혹적인 그 꽃 색깔에 정신이 아득했다. 꽃은 어디든 닿는 대로 주홍빛 자국을 낼 것 같았다. 헤프지 않으려는 듯 덩굴 한 줄기에 한두 송이 씩 피었다. 동네골목에 주황색으로 흐드러지게 핀 수더분한 느낌과는 또 다른 느낌이었다.

이렇게 꽃에 대한 기억은 또렷한데 이름이 사라졌다. 참으로 답답한 일이다. 금방이라도 떠오를 듯 입 안에서 뱅뱅거리다 이내 막혀버린다. 그러곤 까맣게 잊고 있던 그 꽃과는 아무런 연줄도 닿지 않는 일만 떠오른다.

내 안 깊숙한 곳에서 죽은 척 똬리를 틀고 있던 묵은 기억이 아수라처럼 들고 일어난다. 우습게도 하나같이 잊어도 될 것들이다. 머릿속이 엊그제 열어 본 옷장 속 같다.

옷 가게를 기웃거리다 색깔이 고와 사 놓고 몇 년째 묵힌 옷이 생각났다. 옷장을 뒤지는데 생각지도 않던 옷들이 잡히면서 '나 아직도 여기 있소' 하며 머리를 쳐들었다. 정작 찾아야 할 옷은 온데간데없었다. 그제야 옷장정리를 한 것이다.

묵은 옷처럼 쌓인 기억에 즐겁고 속상하던 그리고 슬프고 기쁘던 감정까지 고스란히 살아나 기억의 부피를 늘린다. 어지럽다. 한데 나를 어지럽게 하는 것은 기억이 아니라 그대로 살아난 감정이다. 지난 일에 즐거웠다 슬펐다 하는 것은 기억에 묻어 있는 감정 때문이다. 감정을 털어내야 기억의 올무에서 자유로워질 수 있다는 것을 이제야 깨닫는다.

흔한 꽃 이름조차 들어갈 틈 없이 꽉 찬 머릿속. 해서 그 꽃 이름이 기억 밖으로 밀려난 게다. 그리고 보면 적잖은 나이도 한 몫 단단히 한 셈이다.

묵은 옷장 뒤지듯 뒤져 놓은 기억 속에서 쓸데없는 것을 골라낸다. 아니 이롱거리는 감정을 지우기로 한다. 시간이 걸리겠다. 어쩌면 지우지도 못하고 죽을 수도 있겠다.

잊혀진 것을 애써 기억해 낸들 달라질 것은 아무것도 없다. 이미 기억 밖으로 사라진 것을 찾아내려는 고집 또한 나이 탓일 터, 꽃 이름 생각을 슬그머니 밀어낸다.

안달하며 구시렁거리다 갑자기 시들해 하니 가족들이 근심어린 표정을 짓는다. 짐짓 모른 척 딴청을 편다.

때마침 걸려온 전화기에서 그 꽃 이름을 일러 준 사람의 목소리가 들린다.

"저어 있잖아요. 대문 옆에 주황색으로 피던 꽃말이에요. 그 꽃 이름이 뭐죠?"

전화를 받자마자 뜬금없이 꽃 이름부터 물으니 그 쪽도 순간 멍 했는지

"꽃? 아, 그 꽃말이야. 느~응…" 하는 순간

나는 차마 소리 내지 못하고 속으로 외친다.

'아, 능소화'

그렇다. 거시기 꽃 이름은 능소화다.

깨진 그릇을 보며

빈 그릇을 주섬주섬 설거지통에 넣는다. 큰 접시 안에 작은 접시를, 국그릇 안에 밥그릇을 포갠다. 작은 것부터 씻으면 엎어놓기 좋다. 그런데 시장 골목에서 산 도자기 찬그릇이 말썽이다. 큰 그릇에 작은 그릇이 포개졌는데 빠질 기미가 보이지 않는다. 이리저리 돌려보지만 두 그릇 사이에 틈이 없으니 꿈쩍도 않는다. 언젠가도 이런 일이 벌어져 아예 포개진 채로 버렸다. 싸게 산 것이니 아까울 것 없다는 생각에서다. 이번엔 어느 것 하나든 요령껏 깨뜨리기로 한다. 그나마 하나라도 건져보자는 속셈이다.

세상에는 무수한 생명체와 무 생명체가 서로서로 관계를 맺고 있다. 이들 관계에서 '사이가 좋다'라고 하면 서로 친하다는 말이며 서로의 거리가 가깝다는 뜻이기도 하다.

사람과 사람 사이라면 가까울수록 좋을 것이며, 내용물을 오래 보관하기 위한 밀폐용기라면 그릇과 뚜껑사이에 틈이 있으면 아니 되겠다. 하지만 나는 깨진 그릇조각을 주워 모으며 가까운 사이가 꼭 좋은 것일까 하는 생각을 한다.

채소의 모종을 옮겨 심는 것은 싱싱한 잎과 살진 열매를 얻기 위한 거리두기이다. 모내기 역시 알찬 낟알을 거두기 위한 거리두기이다. 복숭아처럼 연한 과일은 거리두기를 하지 않으면 서로 상처를 입혀 무르게 된다.

나무가 빽빽한 숲에서는 휘어져 있거나 부러져 있는 나뭇가지를 흔하게 볼 수 있다. 곁의 나무에 치어 불구가 된 것도 있다. 좁은 사이에서 서로 부딪힌 탓이다. 그러나 동구 밖에 한두 그루의 느티나무나 소나무 그리고 강둑 드문드문 서 있는 미루나무에선 이런 흔적을 거의 볼 수 없다.

내 것, 우리 것, 우리끼리 하는 식으로 챙기다 보면 마음이 한곳으로 쏠려 집착으로 이어지기 쉽다. 집착은 포개진 그릇이 빠지지 않는 것과 같아서 자칫 좋은 사이를 깨뜨릴 수 있다.

자연이든 사람이든 지혜롭게 거리두기를 한다면 상처 입을 까닭도 미워할 까닭도 없지 않을까.

수박

꼭지에 칼을 대는 순간 '쩌어억' 하며 금이 간다. 이내 과즙이 흘러내리고 농익은 살이 드러난다. 까만 씨가 촘촘히 박혔다. 모처럼 제대로 익은 수박을 산 것 같아 흐뭇하다. 그동안 속이 노랗거나 희끄무레한 씨가 드문드문 박힌 것을 만나기 일쑤였다.

초등학교 때다. 어머니는 여름방학이면 나를 외가에 보내곤 했다. 낯가림 탓에 친척이든 아니든 남의 집 가기를 싫어하는 나였지만 외가에 가는 것만은 그렇지 않았다. 동생들도 있는데 나만 보낸 것은 어디에 가든 말썽을 피우지 않았기 때문이다.

외가는 외딴 집이다. 마을에서 산 쪽으로 계곡을 끼고 더 올라가야 한다.

나뭇잎 사이로 비친 햇살이 계곡물에 동그란 무늬를 찍어 놓는다. 그러면 물은 무늬 고운 명주자락처럼 너울거리며 흐른다. 그 옆으론 감나무와 고욤나무 그리고 밤나무가 어우러져 숲을 이룬다.

덩치 큰 호두나무 서너 그루는 텃밭과 마당 끝에 수문장처럼 서 있다. 들락거리는 사람 별로 없어 그러는지 나무는 이따금 이파리만 흔들어댄다. 으름덩굴과 머루덩굴로 덮인 울타리엔 산골의 고즈넉함이 그대로 배어있다. 같은 시골이지만 우리 마을에선 볼 수 없는 이런 풍경을 나는 참 좋아한다.

외가에선 밭일 나가기 전에 잘 익은 수박을 따다가 커다란 두레박에 넣어 우물 속으로 내린다. 두레박이 물속에 잠기면 줄을 기둥에 매어놓는다. 한낮에도 컴컴한 물속이 깊은 우물이란 것을 말해준다. 밭일에서 돌아온 어른들이 점심상을 물리면 수박을 건져 올린다. 칼을 대자마자 '쩌어억' 하고 갈라진다. 함박눈결 같은 선홍색 속살이 금방이라도 녹아내릴 것 같다. 접시처럼 속살을 받치고 있는 껍질에 물방울이 송골송골 맺힌다. 미술시간에 까만 크레파스로 꼭꼭 눌러 씨를 그려 넣던 수박그림 그대로다.

수박 한 쪽을 베어 물자 달고 시원한 과육이 입 안 가득 퍼진다.

얼른 삼키고 싶지만 이리저리 걸리는 씨를 뱉어야 한다. '씨 없는 것도 있다는데, 외갓집 수박엔 웬 씨가 이렇게 많담' 하면서도, 목구멍을 타고 살살 넘어가는 단맛에 빠져 씨 뱉는 것조차 즐겁다.

이렇게 후후 씨를 뱉어가면서 먹던 수박 맛. 수박철이면 외갓집 풍경과 함께 떠오르는 추억거리다.

이런 추억 때문일까. 수박에, 나만의 고집 같은 것이 생겼다. 밭에서 금방 따 온 것. 냉장고가 아닌 우물물에 한나절 담근 것. 하지만 도시에 살면서 될 일이 아니다. 다만 외가에서 먹던 맛을 생생하게 추억하고픈 구실이다. 단 한 가지 고집하는 것이 있다면, 수박그림처럼 까만 씨가 앉은 것이어야 한다. 추억은 가끔 쓸데없는 고집을 부리게도 하는 것이다.

지금 내 앞에서 두 쪽이 난 수박은 짐짓 제 살을 지키려는 듯 아니면 좋은 것 앞에서 급해지는 사람마음 다스리려는 듯, 까만 씨를 촘촘히 박아놓았다. 촘촘히 박힌 씨가 되레 입안에 침을 고이게 한다. 한 입 베어 먹으려는데 씨의 저항이 만만치 않다. 속적삼에 은장도를 숨긴 여인의 저항이 이러했을까. 그렇다면 속이 노랗거나 씨 없는 것은 앙탈 한 번 부리지 않고 옷고름 푼 여인인

가. 잠깐 여인의 속살을 훔쳐보는 실없는 상상에 실소를 터뜨리며 수박씨를 바라본다.

얄밉도록 통통하게 여문 씨에서 적극적인 삶의 의지와 자기 꼴을 완성시키려는 도전을 엿본다. 뙤약볕에 지치고 비바람에 시달려도 이루어야 할 그 무엇이 있어 버티고 참아 냈을 터이다. 씨를 드러내는 것은 결코 쉽게 내어줄 수 없다는 속내를 내비치는 것이다.

세상 어떤 바람에도 흔들리지 않고 꼿꼿하게 사는 사람이 있다. 비록 안온한 모습은 아닐지라도 함부로 대할 수 없는 어떤 격 같은 것을 느낀다. 그 사람 안에는 무엇이 버티고 있어 그리 곧게 서 있을까 생각한다. 그도 까맣게 여문 씨를 품고 있는 것이리라.

4부

오이지와 무짠지

그림자까지 노랄 것 같던 봄과는 달리

물기 잃은 가지로 겨우 밀어 올린 듯

꽃은 본래보다 옅은 빛깔에 작고 연약해 보였다.

무엇이 이 여린 봄꽃을 가을에 피게 했을까.

바람일까, 햇볕일까 아니면

봄비처럼 내린 가을비일까.

– 본문 중에서

나의 볼멘소리

언젠가는 그 여인을 우리 집에 꼭 들이기로 했다.

이번 여름엔 어떠한 일이 있어도 그녀가 있는 곳으로 가서 데려오리라 맘먹었다.

휴일 할 일 없이 텔레비전 앞에만 앉아 있는 남편에게 동네 시장이나 한 바퀴 돌자며 꼬드겼다. 딱히 살 것도 없이 시장을 어슬렁거리기엔 혼자보다 동행이 있어야 맛이 난다. 뭉그적거리던 남편은 또 한 번의 채근을 받고서야 일어섰다.

이곳저곳 기웃거리며 시장 중간쯤 왔을 때 저만치 사람들 사이로 언뜻 보이는 것이 있다. 남편 팔을 끌었다. 가까이 다가가니 이불가게다.

"어머, 이걸 이불가게서 파네." 하며 반색하니까, 가게 주인이 "중국산인데 싸고 쓸 만해요" 했다. 그리고 우리나라 것은 너무 비싸다며, 그렇게 비싼 것으로 살 필요가 있겠냐고 했다.

우리 행색을 보고 체면 세워주려는 눈치 빠른 가게 주인의 말이려니 하면서도, 그 순한 말투를 외면할 수 없었다. 웬만하면 하나 살 생각으로 그 물건 앞에 바짝 붙어 섰다.

실은 서걱거리는 댓잎 소리도 들을 겸 이것을 사고 싶어 담양에 가려고 했던 것이다. 가게엔 대오리로 엮어 만든 전형적인 원통형 죽부인 말고도 다른 모양의 죽부인이 있다. 바구니처럼 씨줄을 촘촘히 먹여 허리를 잘록하게 짠 것이 그것이다. 영락없는 여인 모습이다. 중국인들이 멋을 부린 것 같다.

허리가 잘록한 것을 얼른 집어 남편에게 안겼다. 그걸 받아 이리저리 돌려보더니 쑥스러운지 "이건 값이 비싼데." 하며 슬그머니 내려놓고 원통형을 잡아당겼다.

"값이 무슨 문제야, 이왕이면 여인다운 것이 낫지." 하며 부추겼더니, 우물쭈물 안고 있던 원통형을 내려놓으려 했다. 나는 냉큼 값을 치렀다. 허리 잘록한 것이 만원이나 비쌌다. 돈을 받아든 가겟집 여자가 웃으며 "아저씬 좋겠네요." 했다.

남편은 죽부인을 두 팔로 껴안았다. 그리고 이제 그만 집으로 돌아가자는 것이다. 모처럼 함께 나왔으니 시장골목 끝까지 갔다 오자고 했다. 그런데도 남편은 들은 척도 않고 그냥 가는 것이 아닌가.

지나가는 사람들이 "죽부인이네." 할 때마다 남편은 겸연쩍은 듯 안고 있는 죽부인을 한 번씩 추스르곤 했다. 흐뭇해하는 표정이 역력했다. 발걸음도 가벼워 보였다. 정말 좋은 모양이다. 하지만 나는 속으로 '좋아하지 마세요, 집에 가면 죽부인은 내 것이니까.'

죽부인을 갖고 싶어 한 것은 남편보다 나였다. 여름날 이것을 안고 자면, 날개 옷 입은 선녀처럼 구름타고 다니는 꿈이 저절로 꾸어질 것 같았다. 그리고 거실 한 쪽에 세워만 놓아도 그 생김새 때문에 더위를 잊을 거란 기대도 한 몫 했다.

죽부인은 남자와 밤을 함께 보내니, 부인이란 이름에 걸맞게 대우도 톡톡히 받는다. 웃어른만이 안고 잠자리에 들 수 있으며, 돌아가신 뒤라도 그것을 아랫사람이 물려받을 수 없다. 비록 침구 일망정 웃어른의 잠자리를 도왔던 때문이라고 한다.

죽부인을 안고 누워보았다. 여자가 안고 잘 땐 '죽서방' 아니겠

냐는 생각이 든다. 그런데 죽서방이란 말끝에서 이상하게도 상스러운 느낌이 온다. 그래서 그런지 죽부인을 안고 누운 내 모습도 상스러워 보일 것 같다.

예전처럼 남자만의 침구는 아니련만, 아무래도 내겐 어울리는 것 같지 않다.

"우리 집에서 죽부인과 어울릴 사람은 당신뿐이네." 하면서 아예 남편에게 안겨주었다. 한데 여름내 죽부인을 안고 자는 남편의 편안한 등이 밉살스러운 것은 무슨 심보란 말인가.

늦더위마저 가시자 죽부인에게서 찬 기운이 돈다. 그런데도 남편은 치울 기색을 보이지 않는다. 침대에서 알몸으로 뒹구는 죽부인을 이리저리 굴리면서 "정이 꽤 든 게로군. 옷을 입혀서 겨울에도 함께 지내라고 해야지." 한다.

혼잣말로 하는 볼멘소리다.

힙합바지를 입다

    딸 방에 걸린 통 넓은 청바지에 눈길이 자꾸 갔다. 젊은이들 옷처럼 되어버린 저 청바지를 언감생심 입고 다닐 심사는 절대 아니었고, 거울 앞에서만 입어 볼 생각이었다. 그러던 어느 날 친구모임에서다. 친구 한 명이 통 넓은 청바지를 입고 왔다. 여기 저기 군살도 감춰주고 편해서 좋다는 것이다. 그런대로 어울리는 모습을 보고 나도 입고 다녀보리라 맘을 먹었다.

    딸애가 집에 있는 날이다. 청바지를 들고 거울을 보며 "내가 입으면 흉하게 보이려나." 하고 혼잣말처럼 중얼거렸다. 슬쩍 입고 나갔다 와도 되지만 딸애 눈에 거슬리지 않는다면, 다른 사람이 보아 눈살 찌푸릴 정도는 아닐 거라고 생각했기 때문이다. 하지만 "엄마는 별 것을 다 탐내." 하는 한마디에 그만 머쓱해져 입어보지도 못하고 욕심을 접었다.

그 청바지 입어 볼 생각을 요즘 다시 한다. 보이지 않는 세월에 야금야금 먹혀가는 중년이 이제 그믐달만큼 남은 탓일까.

안면도에서 꽃 박람회가 열린다.

남편을 꼬드겨 그곳엘 간다.

딸애가 외출한 틈을 타 그 청바지를 입는다.

엉덩이에 걸린 바지가 금방이라도 흘러내릴 것 같다. 운동화를 덮고도 넘쳐 걸을 때마다 길바닥을 쓸어댄다. 머리가 희끗거리는 남편 팔에 내 팔을 얹고 안면도 꽃 박람회장에 들어선다. "예쁘다" "아름답다"라는 말은 여기선 더 이상 찬사일 수 없다. 그냥 꽃, 꽃, 꽃이다.

박람회장 안팎에 펼쳐진 황홀경에서 벗어나니 저만치 보리밭이다. 건들거리는 바람에 청보리밭이 통째로 출렁인다. 풋풋한 냄새가 일렁이며 다가온다. 사람들도 덩달아 출렁거리는 모습이다.

"사람들이 힐끔거리는 것 같지 않아. 내가 애첩으로 보이나 봐." 하니까 남편은 "아니지 아버지보다 더 늙은 딸도 있네 하며 보는 거지." 한다. 내 기를 꺾는 데는 남편이나 딸애나 일가견이 있다.

엉덩이에 걸치고 길바닥을 쓸고 다닌다며 혀를 차던 내가, 오늘 그 바지를 입고 천방지축이다.

내 곁을 지나던 젊은이들이 자기들의 영역을 침해받은 것 같은지 힐끗거린다. 캡을 푹 눌러 쓰긴 했지만, 그들의 눈총이 무슨 대수냐 싶어 어깨에 힘을 더 넣는다.

길가에서 파는 구운 옥수수냄새에 군침이 돈다. 내 손에 이끌려 포장마차까지 온 남편이 옥수수를 한 개만 사서 내게 건넨다. 점잖은 나이에 어떻게 들고 다니며 먹느냐는 무언의 시위다. 민망해하는 남편 옆에서 옥수수를 뜯으며, 나는 나이만큼 늘어난 겉치레를 벗고 바지통만큼 헐렁해진다. 안면도의 너른 하늘처럼 맘껏 분방해진다.

모양을 갖추지 않은 물은 그릇모양에 따라 제 모습을 만든다. 나도 오늘 늙지도 젊지도 형체도 없는 물 같은 마음을 청바지에 담아본다.

나를 묶고 있던 무언가가 풀려지면서 실핏줄이 살아난다. 오월의 보리이삭처럼 탱탱해진 가슴과 느슨해진 머릿속으로 철부지 하나가 들어온다. 그리하여 힘을 주체하지 못하는 아이처럼 운동화 앞부리로 잔돌을 툭툭 걷어차기도 하고, 뒤꿈치를 질질 끌기도 한다. 두 팔을 앞뒤로 휘젓다 하늘을 향해 흔들어 보기도 한다.

헐렁한 바지 하나가 나를 이처럼 자유롭게 할 줄이야!

집에 돌아오니 딸애가 한 발 앞서 들어 와 있다. 현관에 들어서
는 나를 보더니 "그렇게 탐내더니 기어코 입으셨네." 한다. 나는
"이 정도 몸매라면 입고 다녀도 괜찮지 않겠니." 하며 바지가
헐렁하니 참 편하더라고, 혹여 핀잔이라도 받을까 들렌다. 이런
내 모습이 안타까웠을까. 딸애는 입을 만큼 입고 다녔다면서 아예
주겠다고 한다. 하지만 나는 이 통 넓은 청바지를 다시 입지 않을
생각이다.

오이지와 무짠지

　오이지를 담갔다. 일주일쯤 지나니 쪼글쪼글 노르스름하게 익은 것이 맛깔스럽게 보인다. 그러나 한여름에 먹는 오이지는 새큼 짭짤해야 하는데, 이번 오이지는 간이 싱겁다. 한두 개도 아니고 여름동안 먹을 반접이나 되는 양이라 무슨 수를 써야 할 것 같다. 김장 때 담가 놓고 너무 짜서 여태 먹지 않은 무짠지를 몇 개 꺼내다 오이지 항아리에 넣는다. 그런데 처음 시도해 보는 일인지라 아무래도 미심스런 생각을 떨칠 수 없다. 다음날부터 항아리 주위를 맴돌기 시작한다.

　'자리다툼을 하고 있을 거야. 오이지는 텃세를 부릴 테고 무짠지는 자리를 잡으려 할 테지. 익을 대로 익어 각각 제 맛을 지니고

있잖아. 행여 상대의 맛이 자신에게 배어들까 서로 안간힘을 쓸 거야.'

얼떨결에 만난 저들이 항아리 안에서 소동을 일으키고 있을 것만 같다. 티격태격 다투는 듯도 하고, 서로 눈꼬리 치켜세우고 맞서있는 듯도 하다. 자기들을 한 곳에 몰아넣은 나에 대한 화가 부글부글 끓어올라 뚜껑에까지 닿았을 것만 같다.

정말 이렇게 된다면 이도저도 아닌 맛으로 모두 쓸모없게 되어, 그나마 오이지도 못 먹는 여름을 지내야 하는 것은 아닐지 걱정이다. 괜한 짓을 한 것 같아 무짠지를 도로 꺼내낼까 하다 꾹 참는다. 이들은 이미 한 번의 발효과정을 거쳤다. 빳빳한 허리가 낭창거릴 만큼 유연한 면모를 갖추고 있다. 너와 나의 경계를 무너뜨리는 것이 발효임을 터득했을 터이다. 이제 잘되고 잘못 되는 것은 그들의 몫이다. 그들을 믿고 느긋이 기다려보기로 한다.

얼추 소란이 잦아들었을 것 같은 며칠 뒤 조릿조릿한 마음으로 항아리 뚜껑을 연다. 눈으로 보아선 아무 일도 없는 듯하다. 오이지 하나를 꺼내 조금 잘라서 맛을 본다. 짐작한대로 무짠지 맛이 배들어 먼저보다 짭짤하다. 무짠지도 한 개 꺼낸다. 짠맛이 우러나 간간해진 맛에 오이지의 새큼한 맛이 배들었다. 이제 이들에게는 오이지와 무짠지의 모양만 있을 뿐 맛의 경계는 없다. 그러고 보니 무짠지는 덤이다. 덤에 신바람이 난 나는 무짠지를 들고 흔들어댄다.

봄에 딸아이를 혼사시켜놓고 은연중 하던 걱정이 때맞추어 한 항아리에 담기게 된 오이지와 무짠지에까지 옮은 모양이다. 7년을 교제한 사이인데 새삼 부딪히고 날 세울 일이 있을까. 그래도 함께 살다보면 밖에서 보이지 않던 서로의 낯선 면을 만나게 될 것이다. 그럴 때 혹여 받아들이기보다 밀어낼까 우려를 한다. 교제동안 서로에 대한 마음이 한결같았는지는 모를 일이다. 다만 찌르고 상처 줄 뾰족한 날을 둥글려 맞닿게 만들었을 거라는 생각을 하면서, 이제 한 항아리에 담기었으니 부디 한 맛으로 익어가길 기도한다.

딸애는 오이지를 좋아한다. 전화를 한다. 오이지 익었다는 말에 금방이라도 올 것처럼 반색한다. 한데 제 남편은 좋아하지 않는다고 한다. 오이지를 알기는 해도 먹어본 적은 없단다. 그래선지 시큼 찝찔한 것을 맛있다고 먹는 딸애 입맛을 이상히 여긴다고 한다. 순간 잊고 있던 기억 한 무더기가 스멀스멀 살아난다.

결혼하고 맞은 첫 여름. 친정어머니는 오이지가 맛있게 익었다며 갖고 오셨다. 나는 결혼하기 전 집에서 하던 대로 동글동글

썬 오이지에 물을 부어 밥상에 올렸다. 그런데 남편은 거들떠보지도 않는 것이었다. 무슨 맛으로 먹는지 모르겠다며, 고향 집에선 먹어 본 적이 없다고 했다. 지금도 예산에 있는 시댁 밥상엔 오이지는 없다. 하지만 나는 더위에 떨어진 입맛을 돋우는 데는 이만한 음식도 없다면서 여름이면 으레 오이지를 담갔다. 언제부터인가 남편은 짭짤한 국물까지 마시고선 입안이 개운하다며 밥상에서 물러난다.

딸아이가 주말에 오겠다고 한다. 이제 딸아이도 끼니때마다 오이지를 밥상에 올릴 것이다. 그러면 사위도 오이지의 새큼 짭짤한 맛에 차츰 빠지게 될 것이다. 어느 날, 드디어 국물까지 마시며 "오이지 국물이 참 개운하네." 할 것이다.

항아리에서 때깔 고운 오이지와 무짠지를 하나씩 고른다. 동글납작하게 썰어서 유리그릇에 섞어 담는다. 매운 고추와 마늘을 잘게 채쳐 얹은 뒤 물을 붓고 얼음을 띄운다. 저녁상에 올린다. 남편은 "오이지네." 하면서 국물부터 한 숟갈 뜬다. 오이지처럼 쭈글쭈글한 남편 얼굴 뒤로 생오이 같은 사위 얼굴이 겹쳐진다.

시저리꽃

연우가 내 바짓가랑이를 붙들고 논다. 그러다 지루했는지 또 어디로 가고 없다. 걸음마를 시작하고 돌이 가까워지면서 집안 곳곳을 혼자서 곧잘 돌아다닌다. "연우야" 하고 부른다. 어디선가 "으음" 하는 소리가 난다. 읽던 책을 그대로 두고 "연우가 어디 있나?" 하면서 소리 나는 쪽으로 간다. 연우는 얇은 제 이불을 머리에 뒤집어쓰느라 정신없다. 가까이 다가가서 다시 한 번 부르니 이번에는 뒤집어 쓴 이불을 젖히느라 또 바쁘다. 가르쳐 주지 않았는데도 저 혼자 숨바꼭질을 한다. 새 하얀 앞니 두 개를 드러내고 벙글거리는 아이를 꼭 껴안는다.

요즘 맞벌이하는 어미를 대신해서 손자손녀를 돌보는 할머니가 적지 않다. 그저 잠깐 봐 주는 게 아니라 반 어미노릇을 해야 한다. 주변에도 이처럼 손자를 돌보는 친구가 여럿 있다. 나는 이들에게 좋아하는 일이나 하면서 편하게 지낼 나이에 왜 사서 헛고생하느냐며 핀잔을 주곤 했다. 그러던 내가 지금 외손녀 연우를 맡아 돌보면서 보란 듯 자랑까지 늘어놓는다.

연우가 나팔꽃처럼 입을 활짝 벌리고 까르르대면 나는 무엇이든 다 한다. 마른 무릎으로 함께 기어 다니기도 하고, 이불을 뒤집어쓰고 비틀거리며 숨바꼭질도 하며, 얼굴을 찌그러트려 보이기도 한다. 아, 이것은 손녀를 위한 할미의 재롱이다. 그러면서 내가 어미인 듯 착각을 한다. 이럴 때마다 철없이 피는 시저리 꽃이 생각난다.

어느 날 고향이 논산이라는 박 선생이

"우리 고향엔 시저리꽃이 있어요." 했다.

"시저리꽃?"

"예, 봄꽃이 가을에 또 피면 철도 모른다며 할머니들이 그렇게 불러요." 순간 나는 시집에서 자주 듣던 사투리 하나가 떠오르면서 웃음이 터졌다.

"그래, 철도 모르고 피니…." 불시개화현상을 보고 재치 있는 할머니들이 붙인 별명이리라.

요즘은 시골 큰집에서도 그 사투리를 거의 들을 수 없지만, 예전에 부엌에서 일을 할 때면 형님들이 주고받는 이야기 가운데 "그 사람 시절이구먼." 또는 "하는 짓이 시저리라니까." 하면서 유독 많이 쓰던 말이다. 처음 듣는 사투리지만 나는 앞뒤 말이나 억양으로 그 뜻을 알아차렸다.

시절 또는 시저리란 충청도사투리로 한자 時節시절과 같은 낱말이며, 시기와 절기도 모르고 날 뛰는 짓 즉 어리석은 짓이나 바보짓 하는 사람을 말한다.

가을이 깊어지자 여기저기서 시저리꽃 소식이다. 지난여름은 정말 덥고 길었다. 좀체 물러날 것 같지 않은 더위를 태풍 두어 개가 훑고 지나갔다. 거센 비바람에 나뭇가지가 꺾이고 잎이 다 떨어지다시피 했다. 유난스런 날씨에 나무들이 애를 먹는 모습이었다. 그래서일까. 곳곳에서 가을에 봄꽃이 피어 사람들의 눈길을 모은다고 했다. 목련과 홍매 그리고 배꽃이 피었다. 어느 시인은 가을하늘 아래서 팝콘 터지듯 터지는 벚꽃을 보고 화들짝 놀랐다는 것이다.

나도 낙엽이 쌓이던 어느 날 산책길에서 시저리가 된 개나리꽃을 만났다. 무심히 지나치면 보이지도 않을 몇 송이 안 되는 것이었다. 그림자까지 노랄 것 같던 봄과는 달리 물기 잃은 가지로 겨우 밀어 올린 듯 꽃은 본래보다 옅은 빛깔에 작고 연약해 보였다. 무엇이 이 여린 봄꽃을 가을에 피게 했을까. 바람일까, 햇볕일까 아니면 봄비처럼 내린 가을비일까. 다른 것보다 어리숭하여 변덕스런 날씨에 그만 속아서 철없이 꽃망울 몇 개 터트리고 말았지 싶다. 부끄러워 차마 활짝 펴지 못하고 오그린 채 찬바람 맞고 있는 게 안쓰러워 발걸음을 멈추고 한참동안 마주했다.

개나리는 가지에 물을 올려 꽃봉오리 터트리면서 봄에 느꼈을 환희를 다시 한 번 맛본 걸까. 추운 겨울 견디며 봄을 준비하려면 여느 때보다 힘겨울 텐데, 이 또한 삶을 이어주는 다른 모양의 징검돌이란 것을 안 걸까. 작은 꽃 몇 개 달고 있는 모습에서 떨림과 차분함이 번갈아 느껴졌다.

연우가 내 품을 빠져나간다. 뒤뚱거리며 걷다 넘어지다 하면서 노는 모습을 보다가 업어주고 싶은 마음에 포대기를 들고 가서 "어부바" 한다. 좋아서 어쩔 줄 몰라 하며 등에 오른 아이의 보드라운 감촉이 참 좋다. 서성이며 묵은 동요를 이것저것 생각나는 대로 부른다. 아이는 잠들고 나는 못 다 부른 동요를 몇 곡 더 흥얼흥얼댄다. 내 아이를 키울 때 자장가 삼아 부르다 묻어둔 것들이 봄풀처럼 파릇파릇 살아난다. 달밤에 노루가 달려와 마시던 옹달샘 물이 내 가슴으로 흘러 와 고인다. 그러면 시기와 절기도 모르고 철없이 꽃봉오리 하나 밀어 올린다.

　나는 연우의 계절에 핀 한 송이 시저리꽃이다.

꽃씨

　동네는 한적했다. 집들은 단층에 허옇게 바란 기와지붕의 묵은 집이 대부분이었다. 우리가 이사 온 집도 그랬다.

　이사하고 6개월만인 봄에 집을 헐고 새로 짓기 시작했다. 그러자 창문을 줄여라, 계단을 다른 쪽으로 만들어라, 하면서 길 건너 집들과 옆집들이 시비를 걸어왔다. 동네 반장 일을 보는 세탁소 주인은 이웃들이 텃세를 부리는 것이라 했다.

　집을 다 짓고 입주를 했지만 앞으로 이웃들과 마주치며 살 것이 걱정이었다. 집 짓는 동안 그들로부터 받은 고통이 너무 컸다. 몸은 축이 나고 노한 감정은 쉽게 사그라지지 않았다. 먼발치서 오는 그들만 보아도 가슴이 벌렁거렸다.

시간이 차츰 지나면서 벌렁거리던 가슴은 가라앉았지만 그때의 기억이 흉터처럼 남아있다. 이미 세상을 등진 이도 있고, 이사를 했거나 집을 헐고 다시 짓거나 하기도 했다. 기억이 되살아난다 해도 빈 배처럼 된 이웃에게 무슨 감정이 있으랴. 다만 담 하나를 사이에 둔 바로 옆집만 사람도 집도 그때 그대로다.

바로 옆집이라 믿었던 아저씨. 지금은 노인이지만 20여 년 전엔 서슬이 퍼래가지고 다른 이웃을 부추겨 우리를 더 힘들게 했다. 요즘도 우리 멍멍이가 짖으면 시끄럽다며, 도둑도 못 지키는 개를 왜 키우는지 모르겠다고 큰소리로 혼잣말처럼 투덜댄다. 또 자기네 화분에 나무그늘이 진다는 둥, 이파리가 떨어져 귀찮다는 둥하면서 나뭇가지를 잘라내라고, 순하게 해도 될 말을 볼멘소리로 한다. 언젠가는 자기 집 쪽으로 뻗은 목련가지를 꺾어서 수북이 던져 놓기도 했다.

아주머니도 살갑지 않기는 마찬가지라 친해지기가 쉽지 않다. 그래도 이웃 사이에 얼굴 붉히는 일 없이 지내고 있다. 우리에게 트집 잡는 아저씨 편을 들만도 한데 아주머니는 그렇지 않기 때문이다. 인사를 하면 되레 미안쩍은 듯 얼른 받고 지나간다.

몇 년 전 가을이다. 아주머니에게 모과 딴 것을 주며 "차 만들어서 드세요." 했더니 모과차를 좋아하지 않는다며 한마디로 거절

하는 것이었다. 좀 더 친해져 보려고 한 짓인데 오히려 버름해지고 말았다. 단감도 꽤 열려 몇 집 나누어 줄만 했다. 모과차는 안 좋아 해도 감을 싫어하지는 않겠지 하며, 작은 바구니에 담아서 '저희 집에서 딴 감이니 맛있게 드세요'라고 쪽지편지를 넣어 담 위에 올려놓았다. 그날 옆집에는 아무도 없었다. 며칠 뒤 아주머니가 뜰에 있는 나를 불렀다. "감이 참 달데요." 하며 미역 한 묶음을 주는 것이었다.

아저씨하고는 거의 외면하다시피 지냈다. 길에서 만나도 정면으로 마주치지 않으면 모른 척 지나쳤다. 요즘 들어 이웃 사이에 너무 정 없이 군 것 같아 먼저 인사를 하거나 말을 붙여본다. 그러면 눈도 마주치지 않고 얼른 고개만 끄덕인다.

아저씨와 아주머니는 시장에서 함께 가게를 했다. 아들만 셋인데 진즉에 다 분가시켜서 낮 동안엔 늘 집이 비어있었다. 요즘은 가게를 정리하고 화초나 채소를 가꾸면서 심심치 않게 사는 모습이다. 넓은 뜰도 아닌데 흙을 퍼다 밭을 만들고 화분마다 꽃을 심어 그것들 손질하느라 두런거리는 소리가 들리곤 한다.

그날도 이야기소리가 났다. 슬쩍 담 너머로 넘겨다보았다. 약간 언덕이 진 땅에 우리 집이 높은 쪽이라 까치발을 하면 옆집 앞마당이 다 보인다. 전에 못 보던 꽃이 이 화분 저 화분에서 하늘

댔다. 아저씨는 그새 안으로 들어갔는지 아주머니 혼자였다.

"어머, 저 꽃이 있네요. 이름이 뭐지요?"

"글씨 얻어다 심은 것인디, 나도 모르겠구먼."

"내가 좋아하는 꽃인데 이름을 몰라서요." 더 이상 무슨 말을
해야 할지 몰라 우물쭈물거리다 그냥 들어왔다.

어느 날이다. 빨래를 널고 안으로 들어가려는데

"이봐요. 이봐요" 하고 누군가를 부르는 소리가 들렸다. 담 너
머에서 아저씨가 오라는 손짓을 하며 날 부르는 거였다. 또 무슨
시비를 걸려고 그러나 덜컥 겁이 났다.

"이거 저 꽃 꽃씬데 내년에 심어보슈."

꼭꼭 접은 하얀 종이봉투를 건네는 것이었다. 봉투에는 '족두리
꽃'이라고 적혀 있었다. 내가 아주머니에게 무슨 꽃이냐고 물었던
그 꽃 씨앗이다. 그날 아저씨는 소년처럼 수줍은 표정이었다. 나
또한 얼었던 몸이 풀리는 듯 오싹하니 떨렸다.

내년 여름에는 옆집 꽃밭에도 우리 집 꽃밭에도 족두리꽃이 하
늘 댈 것이다.

질투

"꽃씨 뿌렸수?"

몇 년 전 내게 족두리꽃씨를 건네 준 옆집아저씨는 해마다 이맘 때만 되면 이렇게 말을 걸어온다. 어쩌다 길에서 마주치면 겨우 인사만 나눌 뿐 무뚝뚝한 아저씨도 곰살궂지 못한 나도 서로에게 말을 건네 적은 거의 없다. 그런데 꼭 이맘 때, 꽃씨 뿌릴 때 즈음 이면 아저씨는 일부러 나를 불러 꽃씨를 뿌렸느냐고 물어 보곤 한다.

"아니요 아직…" 하고 내가 얼버무리듯 대답하면, 기다렸다는 듯

"우리 집에 싹이 많이 나왔으니 자라면 뽑아 줄게요." 한다.

꽃씨를 받아두긴 했지만 한 번도 제때에 씨를 뿌리지 못했다. 바쁘다는 핑계로 해마다 때를 놓치곤 한 것이다. 그래서 꽃씨를 뿌렸냐고 물을 때마다 죄지은 사람처럼 기어드는 목소리로 대답을 한다. 꽃씨 준 성의를 하찮게 생각한다며 언짢아 할 수도 있기 때문이다. 하지만 아저씨는 오히려 줄 것이 있어 좋은 것처럼 들뜬 목소리다.

지난해에도 모종을 얻었다. 덕분에 여름 내내 꽃을 보며 지냈다. 그러고는 씨를 받아 두지 않았다. 가을에 꽃씨를 받아 아예 뜰 여기저기에 뿌려놓았다. 봄이 되면 떨어진 씨에서 싹이 나올 거라 여겼다. 한데 뜰에선 올봄이 다 가도록 아무런 기척도 없다. 늦게라도 어디엔가에서 늦어 미안하다는 듯 흙을 비집고 나오리라 기대를 하며 이곳저곳을 살피고 있는데 담 너머에서 "꽃씨 뿌렸수?"하는 소리가 들렸다.

"아니요."

"씨 뿌릴 필요 없어요."

비 오는 날 아저씨는 대 여섯 포기의 모종을 담 너머로 넘겨주었다. 이번에는 화분 두 개에 나누어 심고 햇볕이 잘 드는 현관계단에 놓았다. 여름이면 잎이 무성해진 나무들이 뜰을 온통 그늘로 덮어, 꽃나무에게는 햇볕이 모자랄 듯해서다. 드나들며 틈나는

대로 들여다보는데 어느 날부터인가 여린 잎에 구멍이 나기 시작
했다. 벌레가 생긴 것이다. 해마다 같은 벌레가 이 꽃나무에만
생긴다. 하루만 살피지 않아도 잎사귀에 구멍이 나고 심할 때는
하루사이에 잎살은 오간 데 없고 잎맥만 그림처럼 남아있기도 하
다.

벌레에 시달린 꽃나무는 금방이라도 쓰러질 것처럼 야위었다.
올해는 더 심한 것 같다. 담을 넘겨다보니 옆집 꽃나무들은 너나
할 것 없이 싱싱하고 튼실했다. 벌써 꽃봉오리를 맺은 것도 있다.

일요일 아침 남편이 뜰로 나간다. 얼마 뒤 옆집 아저씨의 목소
리가 들린다. 한참 있다가 남편이 들어온다. 남편은, 어쩌다 대문
앞에서 만나기라도 하면 대문 안을 들여다보며, 시비인 것도 같고
아닌 것도 같게 생색도 내고 잔소리도 한다며 아저씨를 달가워하
지 않는다.

밖에서 들어온 남편의 표정이 마뜩찮아 보인다. 아저씨가 무어
라 하더냐 하고 물으니 꽃나무를 주더란다. 꽃나무를 주며 무슨
말인가를 또 한 모양이다. 어떤 것을 주었는지 궁금해 하자 나가
서 보라고 한다. 남편의 말이 끝날 새 없이 밖으로 뛰어나간다.
벌레에 시달려 비실거리던 것은 뽑혀져 있고 금방이라도 봉오리
를 맺을 것 같은 것이 세 포기씩 심어져 있다. 나는 벙글거리며

안으로 들어온다. 그리고 조금은 들뜬 목소리로 벌레가 생기면 잡아주라고 남편에게 말한다. 그런데

"싫어." 한다.

뜻밖의 남편 대답에 말없이 바라만 보는데 퉁명스럽게 또 한마디 한다.

"나는 그 꽃 안 좋아해."

"……."

"아무튼 나는 그 꽃이 싫어. 벌레가 생기든 말든 몰라."

"……."

풍접초, 왕관꽃이라고도 불리는 족두리꽃의 꽃말은 질투란다.

푼수데기라도 좋다

암놈 진이는 다섯 살이며, 진돗개라 했는데 순종이 아니다. 그래도 날렵하고 똘똘하다. 수놈 너울이는 한 살도 안 된 시베리아 허스키 종이다. 녀석은 아무에게나 덤벼들며 좋아하는 꼴이 예닐곱 살짜리 개구쟁이 같다.

군살 없이 매끈한 진이가 두루뭉실해 보인다. 개도 나잇살이 붙나 했는데, 날이 갈수록 배쪽이 불룩해진다. 설마 하는 생각에 남편에게 슬쩍 물으니, 개는 어려도 그럴 수 있단다. 나는 너울이에게 밥을 줄 때면 "어린 녀석이…." 하며 머리를 붙잡고 흔들어대곤 한다. 그런데 '어린 녀석'할 때마다 우습게도 참으로 우습게도 입 안 가득 속웃음이 고인다.

내 앞에 붙기 시작한 중년이란 수식어가 낯설고 두려워 자꾸 발뺌을 하던 때다. 막내 동생뻘쯤 된 사람이, 좀 기다리지 무엇이 급해 그리 일찍 결혼했느냐며 지나가는 말처럼 했다.

　나는, 서른을 코앞에 둔 딸 때문에 발 못 뻗고 잔다는 어머니 성화에 결혼했다. 하니 좀 기다리지란 말도, 왜 그리 일찍 결혼했느냐는 말도 농으로 들릴 수밖에 없었다. 큰누이 같은 나를 그저 놀리려고 하는 말이려니 했다. 한데 몇 번인가 이와 같은 말을 더하는 것이 아닌가. 그래 뒤돌아서서 나이를 꼽아보니, 내가 결혼할 때 그는 사춘기 소년이었다. 혼잣말로 "어린 녀석이…." 했지만 가슴에선 바람 든 꽈리를 깨물 때처럼 뽀드득 소리가 났다.

　오래 전 일이다.

　몸에서 가장 신뢰를 받는 뇌가 꿈이나 상상 같은 비현실세계와 지금 자신에게 실제로 일어나는 현실세계를 구분하지 못한다고 한다. 뇌 연구에 의구심을 품어보지만, 지금도 착각과 상상 속에서 꿈과 현실을 분별 못하고, 속없이 히죽거리는 나를 보면 정말 그런 게 틀림없는 것 같다.

　현실이 비록 그렇지 못하다 해도, 설령 착각이라 해도 행복하다고 생각하면 몸도 마음도 즐거워진다는데, 말 한마디 마음에 품고 푼수데기처럼 설레며 좋아한다고 돌이야 던지겠는가.

언젠가 그랬던 것처럼, 나는 돌아서서 '어린 녀석이…' 하며 혀를 굴려본다. 실핏줄이 팽팽하게 온몸을 조여 온다. 가슴에서 또 한 번 뽀드득 소리가 난다.

부케 소동

까맣게 모르고 있었다.

그녀가 아직까지 독신인 것은 순전히 연분 닿는 사람을 만나지 못한 것이라 여겼다. 그런데 아니다. 나와 단짝인 그녀가 미혼으로 혼자 사는 이유 한가운데에 내가 있다는 것을, 그동안 나는 까맣게 모르고 있었다.

고교동창인 선이와 나는 같은 날 같은 예식장에서, 나는 12시에 선이는 3시에 식을 올렸다. 거기다 예복 대여점에서 드레스까지 같은 것으로 빌렸다. 대여점 측에선 내가 골라 놓은 것이라 곤란하다고 했지만 선이는 우겼다.

친구들은 그날 우리 둘 때문에 예식장에서 종일 서성였다고 했다. 그리고 내가 들었던 부케가 참 예뻤다고도 했다. 그러고 보니 식이 끝나자 부케를 그녀에게 바로 건네 준 기억이 났다. 그때엔 대부분의 신부들이 예식장에서 주는 엉성한 부케를 들었는데, 내가 든 것은 꽃꽂이 하는 선배가 특별히 만들어 준 것이었다. 그 부케가 혼인식을 끝내고 다음 예비신부에게 마법을 걸 듯 그 영험을 전하려는 순간이었을 것이다. 부케소동이 벌어진 것은.

그녀는 부케를 든 채 신부 대기실로 갔다. 대기실엔 신부 혼자였다. 다소곳이 앉아있던 선이가 그녀를 보자 벌떡 일어났다. 가까이 가자 다짜고짜 부케를 바꾸자며 빼앗듯 가져갔다. 선이 손에 들려있던 부케는 어느새 바닥에 내동이 쳐져 뒹굴고 있었다. 얼떨결에 부케를 빼앗기고 선이이게 버림당한 초라한 부케를 그녀는 그만 집어 들고 만 것이다.

매월 만나는 여고동창 모임에서 그녀는 25년도 더 지난 이와 같은 이야기를 했다. 해묵은 이야기를 하며 웃고 떠들다 나온 것이다. 친구들도 나도 처음 듣는 것이었다. 친구들은 "어머 세상에 그런 일이…" 하면서 선이의 엉뚱한 짓은 예나 지금이나 똑같다며 까르르 웃기만 했다. 하지만 나는 그럴 수가 없었다.

미혼으로 오십 중반에 서 있는 그녀. 혼인식도 치르지 아니한 의미 없는 부케를 집어 든 탓은 아닐까.

절에서 점안식을 하지 않은 불상은 한낱 돌 조각에 불과한 것이
요, 성당에서 축성을 하지 않은 성물은 그 또한 물건에 불과할
뿐이다. 그 앞에서 하는 기도는 그래서 아무런 의미가 없는 것이
다. 부케 또한 그 효험을 바란다면 신부 손에 들려 혼인식을 마친
것이라야 하지 않겠는가.

부케의 속설은 그저 속설일 뿐이다. 더러는 속설대로 이루어진
다 해도 그저 우연이려니 할 것이다. 그런데 지금 부케소동 한가
운데 있는 그녀가 미혼이지 않은가. 그날 부케가 눈길을 끌만큼
예쁘지 않았다면, 내가 그녀에게 부케를 건네주지 않았다면, 아
니 선이와 내가 같은 날 같은 예식장에서 혼인식을 치르지 않았다
면 그녀도 우리처럼 결혼해서 아옹다옹거리며 살지도 모를 일이
다.

그녀에게 기회가 없었던 것은 아니다. 젊은 날엔 청혼을 받기도
하고 배우자로 마음에 든 사람도 있었다. 한데 무슨 까닭인지 흐
지부지 인연이 끊기고 만 것이다.

모든 것이 우연히 일어난 일처럼 여겨지지 않는다. 참으로 이상
한 것은 그 어처구니없는 일을 그녀가 25년이나 묵혔다는 것이다.
좀 더 일찍 이야기를 했더라면 다른 신부의 부케를 받게 할 수도
있었을 텐데. 그러면 혹시 그 영험이 되살아날지 모를 일 아닌가.

그런 기회마저도 놓치고 만 것 같아 안타깝기까지 한 것이다.

　그냥 우연히 일어난 일이라고 하기엔 잘 짜인 각본 같다. 보이지 않는 어떤 힘의 장난이 아닐까 하는 의구심을 품어 보기도 한다. '우연은 비밀리에 여행하는 필연의 법칙'이라는 아랍속담이 있다. 우연처럼 보여도 인과관계가 늘 있다는 것이다. 그런다면 그녀와 나 그리고 선이 사이에 분명 인과관계가 있다는 것 아닌가. 하지만 헤아릴 수 없는 시간 속에서 얽히고설킨 관계를 어떻게 풀 수 있을까. 그래서 이처럼 어찌해 볼 수 없는 일에 세상은 벽도 문도 없는 운명이라는 집을 지어 핑계를 댄다. 나 또한 그녀의 운명일 뿐, 부케 소동은 그저 우연이었다고 발뺌을 한다.

이웃이 생기다

　　나무에 약 치러 온 정원사는 손나발을 만들어 담을 돌며 "나무에 약 칩니다." 하고 고함친다. 이웃들은 널어 논 빨래를 걷거나 창문을 닫는다. 해마다 봄부터 늦여름까지 세 번 정도 있는 일이다.

　　약을 치러 정원사가 왔다. 오늘따라 아침 일찍 널어놓은 빨래를 걷으며 "아저씨 좀 일찍 오시지요." 하며 나는 일부러 골 난 목소리로 크게 말한다. 빨래를 걷느라 부산스런 이웃들의 눈치가 보여서다. 내 집일인데도 번거로워 짜증스러운데 이웃들은 오죽하랴.
　　나뭇잎에 약물 부딪히는 소리가 쇄쇄 들리더니 문틈으로 이내 약냄새가 스며든다. 그때 초인종이 울린다. 대문이 열려 있는데 누굴까 하고 나가보니 낯선 젊은 여자가 문 밖에 서 있다. 그 여자는 나를 보자마자

"아줌마가 주인이세요?" 하며 볼멘소리로 묻는다.

"예"

"옆집에서 왔는데요. 빨래도 널어놓고 아기 방문도 열어 놓았는데 약을 뿌리면 미리 말 해주어야 하는 것 아녜요?"

말투나 목소리가 어찌나 기세등등한 지 순간 움찔한다. '그렇게 큰 소리로 고함을 쳤는데, 말을 안 해 주었다니. 다른 이웃은 고함소리 듣고 빨래도 걷고 창문도 닫던데.' 하는 말이 목구멍까지 올라오는 것을 들숨으로 꾹 눌러 논다. 저런 기세라면 이것저것 따지고 변명하는 나와 옥신각신 말싸움을 할지도 모른다. 옆집에서 왔다니 우선 미안하다고 사과를 한다. 약 치는 아저씨만 믿고 있던 게 잘못이었다고. 다음엔 내가 직접 알리겠다고. 목소리를 죽여 가며 연방 미안하다고 하자, 성이 누그러지는 모양이다. 젊은 여자의 목소리가 부드러워진다. 나이 드니 이런 꼼수도 부리게 된다.

지난봄부터 옆집에서 전에 없이 아기 울음소리가 들린다. 빨래줄에 널린 기저귀와 어린아이 옷도 보인다. 그래서 새로 이사 온

사람들이 젊은 부부라고 짐작했다. 옆집이지만 먼저 살고 있는 내가 담 너머로나마 반갑다며 말이라도 건넸어야 하는 건데, 살갑지 못하고 너스레를 떨지 못하는 성격 탓에 그렇게 하지 못했다.

옷 가게에서 속옷을 고르는데 어린애 속옷이 눈에 띈다. 아기엄마와의 일을 생각한다. 어린아이 옷을 산다. 한데 일부러 찾아가서 주기엔 왠지 낯이 간지럽고 어색하여 옷상자를 들고 현관을 들락거리며 옆집을 살핀다. 언제 나왔는지 아기엄마가 먼저 상냥하게 인사를 한다. 나도 반색을 하며 기다렸다는 듯 상자를 담 너머로 넘긴다. 고맙다며 선뜻 받는다. 실은 아니 받겠다고 하면 어쩌나 걱정을 하던 터였다.

며칠 뒤다. 뜰을 쓸고 있는데 "아줌마" 하고 아기엄마가 부른다. 시댁에서 따온 포도인데 싱싱하고 달다며 담 너머로 건넨다. 포도맛보다 더 달짝지근한 맛이 가슴에 고인다. '이웃이 생겼구나.' 속으로 외친다. 처음엔 아기엄마를 당돌하다 여겼다. 이웃사이에 부딪히는 일이 자주 생기는 것은 아닐까 은근히 걱정했다.

요즘 특히 도시에서는 가까이 산다고 이웃이 아니다. 한 지붕 밑에서 위 아래층에 살면서도 서로 얼굴도 모르고 사는 것이다. 그래서 이웃을 이웃으로 느끼지 못하고 산다.

나이 들어도 여전히 숫기 없는 나와 달리 아기엄마는 붙임성 있고 상냥하다. 덕분에 우리는 담 하나 사이만큼 서로 아는 척 하게 되었다. 먼발치에서도 알아보고 "안녕하세요." 하며 말을 걸어오니 나 또한 반가워 함박웃음으로 답한다. 바람에 출렁이는 물처럼 사람의 정도 건드려 줄 때라야 살짝 그 결을 드러내는가 보다. 특히 나처럼 정머리가 없는 사람에겐 말이다. 아기엄마가 데면데면 했다면 나는 아예 모른 척 했을 것이다.

늦가을 오후에 햇볕이 보자기처럼 깔린 담 밑에 앉아 김칫거리를 다듬는다. 어느 새 왔는지 아기엄마가

"김치하시나 봐요." 한다. 그리고 어머니가 갯벌에 갔다가 캐온 바지락조개라며 담 위에 올려놓는다. 나는 조개꾸러미를 받아 들고

"잠깐만 기다려요." 하고 얼른 안으로 들어가 단감 몇 개를 들고 나온다.

"이거 엊그제 우리 감나무에서 딴 건데 먹어봐요."

담 너머로 건네는 내 손등에 오후의 햇볕이 참 따뜻하다. 또 다른 햇볕이 이웃에 있어 늦가을 을씨년스런 가슴을 푸근하게 한다.

꽃자리

직접 수를 놓아 만든 것이라며 안젤라 수녀는 나에게 손수건 두 장을 내민다. 내 세례명을 예쁘게 수놓은 하얀 손수건이다. 순간 가슴이 뭉클해지면서, 그녀에게 제대로 마음 한 번 써 주지 못한 게 미안하다.

스페인 수녀원에서 생활하는 그녀가 5년 만에 휴가를 받아 귀국한 것이다. 그녀를 보는 순간 가슴이 콩닥거리는 묘한 감흥이 인다. 예전의 파마머리 모습 위로 포개진 수녀복 때문일 게다.

그녀는 늦깎이 수녀다.

10여 년 전 그녀는 어머니를 모시고 여동생과 함께 우리 집 2층으로 이사했다. 자매는 큰오빠 집에서 분가한 것이라 했고, 어머니는 딸들 뒷바라지 해 주려고 따라 오신 거라 했다. 하지만 세 모녀가 사는 집안 분위기는 그리 밝아 보이지 않았다. 우리 집까지 어두워질 것 같은 기분에 계약기간만 끝나면 무슨 핑계로든 내보낼 생각이었다. 그러던 하루 그녀가 찾아와 나에게 집안사정이며 자신의 이야기를 털어 놓았다.

그녀는 보통여자로서 삶을 꿈꾸었다. 스페인어를 전공한 뒤 직장생활을 하다 스페인으로 갔다. 그곳에서 수년 동안 공부와 일을 하다 나이 서른이 넘어 귀국했다. 귀국해서 안정된 생활을 하고 싶었지만 어느 것 하나 제대로 풀리는 게 없었다. 직장은 직장대로 마땅치 아니했고, 혼인 역시 연분 닿는 사람이 없는지 이루어지지 않았다.

그래서 그런지 그녀는 초조해 보였고 힘들어 보였다. 거기다 함께 사는 동생의 자폐 증세 때문인지 늘 수심 찬 모습이었다.

그 뒤로 그녀와 나는 가끔 차를 마시며 이야기를 나누곤 했다. 길에서 만나면 길에 선 채로, 대문 앞에서 만나면 대문 앞에 선 채로 이야기를 나누었다. 어느 날 이야기 끝에 그녀는 아무래도 자기의 길이 따로 있는 것 같다며, 수도자가 될 뜻을 내비쳤다. 평범함이 곧 비범함이라더니, 평범하게 사는 것도 그리 쉬운 일이 아닌가 싶다. 그저 보통 여인으로 오순도순 살고 싶어 하는 그녀가 외길로 들어서려는 것 같아 안타까웠다. 스페인에서 영세를 했다는 그녀는 주일 미사뿐 아니라 평일 미사참례도 열심히 했다. 비록 겉모습은 아니나 마음엔 이미 수녀복을 입은 듯 했다.

마침내 그녀는 스페인에 있는 수녀원으로 간다고 했다. 나이 마흔이 다 되어 수도자의 길을 택한 그녀. 그 길이 만만치 않은 길이니 만큼 현실이 버거워 피하고자 한 것만은 아닐 것이다. 자신의 길을 찾으려 한 선택이었을 것이다.

사람에겐 누구나 저마다의 길과 자리가 있다. 자기 길에 들어선 사람은 그 궤도에서 벗어나지 않으려고 자신을 추스르며 노력한다. 이런 까닭일까. 사람들은 각기 다른 모습의 삶을 살지만, 이들은 예외 없이 자기만의 향기를 풍긴다.

초여름. 수녀원으로 떠나는 그녀에게 합죽선을 선물했다. 부채에 류시화 님의 〈소금인형〉이란 시를 붓으로 써 넣었다. 바다 속 깊이를 알고 싶어 바다로 들어간 소금인형처럼 그녀도 하느님의 사랑 속에 녹아들기를 바라는 마음에서다.

이제 그녀는 안젤라 수녀다. 지난날 어둡게 드리워진 마음 그늘이 수녀복 속으로 잦아든 듯 얼굴빛이 엷은 햇살처럼 빛난다.

그녀에게 표정이 밝아 보인다고 하니

"갈등이 왜 없겠어요. 힘들 때도 많지요." 하면서 웃는다. 그 웃음이 활짝 피지 못하고 안으로 오므린 꽃잎 같다.

우리 집 2층엔 아직도 그녀의 팔순 노모와 서른이 훨씬 넘은 동생이 살고 있다. 계약기간만 끝나면 내보내겠다고 하던 것을 10년이나 넘겼다.

여전히 노모와 동생을 걱정하고 있는 그녀. 오빠들과 언니들이 있으니, 그녀 혼자만 걱정할 일은 아니건만, 기도만으로 마음이 편할까.

네가 앉은 그 자리가 꽃자리
그 자리 가시방석 같아도
그 자리가 꽃자리이니라.

'안젤라 수녀님 그래도 당신의 그 자리가 바로 꽃자리랍니다.' 라고 나는 속으로 중얼거린다.

구상 시인이 지은 거라며 언젠가 보좌신부님이 들려주었다.

5부

흔적

주인 없는 다실에는
'차나 한잔 들고 가게나'라는 편액이 손님을 맞이했다.
고즈넉한 산사의 다실에서 차 한 잔 들고 싶은
충동이 왜 아니 일었을까마는
서두르는 마음이 앞서 그냥 돌아서 나오고 말았다.
그 뒤로 백담사 산방다실이 나의 마음에 머물면서
차 한 잔 들고 가라고 도닥거리는 것이었다.
- 본문 중에서

흔적

유백색 다기茶器 한 벌을 갖고 있다. 실금마다 차茶색이 물들어 언뜻 갈색으로 보이기도 한다. 물든 차색 농도로 보아 오래 된 것임을 알 수 있다. 이 다기는 다도를 즐기는 심우 것이다.

서예를 함께 하던 심우는 작업실 한쪽에 다실을 꾸몄다. 회원들은 그 곳에서 차를 마시며 담소를 즐겼다. 귀대접에서 탕수가 식을 동안 그리고 다관에서 차가 우러날 동안, 또 이런 식으로 두 번째 세 번째 차를 우려 마시는 동안 나누는 담소도 차 맛에 버금가는 것이었다.

커피만 마시던 내가 녹차 맛을 익혀갈 즈음 심우는 하던 일을 정리하고 시골로 내려갔다. 한동안 허전했다. 함께 한 시간이 꽤 되었던가 보다.

삶이란 만나고 헤어지는 것의 연속. 그래도 헤어진다는 것이 가슴에 구멍을 냈다.

심우가 시골로 내려갈 때 "보고 싶어 질텐데요." 하고 내가 말했다.

"그 동안 보냈던 좋은 시간을 차 우려내듯 우려내면 되지요." 이렇게 말하며 심우는 다기 한 벌을 남겼다. 그 유백색 다기가 바로 이것이다. 그리고 '수미차'라는 것이 있으니 그 차를 꼭 마셔보라고 했다. 수미차가 어떤 차냐고 물으니 녹차를 마시다 보면 언젠가 알게 될 것이라고만 했다.

5년이 지나도록 수미차가 어떤 차인지 알 수 없었다.

간절하면 이루어진다는데, 꼭 알려고 하지 않은 탓이다. 다만 다기에 눈길이 닿을 때마다 무언가 가슴에 그림자 같은 것이 어른거렸다. 누군가 내 안에 흔적으로 있는 것일까. 아니면 내가 누군가에게 흔적으로 있고 싶은 것일까.

우연히 어느 암자에서 차 대접을 받게 되었다. 그 때 그 곳에서 '수미차' 이야기를 듣게 되었다.

사람들은 차 살 돈이 없으면 찻물이 밴 빈 다기에 맹물을 부어서 마셨다. 가난해서 맹물을 마셨다지만 거기엔 놓쳐선 안 될 뜻이 있다는 것이다. 바로 빈 다기에서 우러나는 차의 맛과 향을 음미할 줄 아는 풍류다.

스님은 낮은 목소리로 수미차의 향을 맡을 수 있을 때 비로소 차를 마실 줄 아는 것이라 했다.

'수미차'란 물 수水, 맛 미味, 차 차茶. 글자 그대로 맹물이다. 그러나 정말로 수미차를 만들 수 있는 것은 세월이다.

사람의 정情도 수미차와 같다. 그래서 우려낼 수 있는 좋은 시간을 간직하고 있는 것은 참으로 행복하다 하겠다.

수수께끼처럼 남겼던 말이 비로소 풀렸다.

아직은 수미차를 음미한다고 하지 못한다. 하나 심우가 남기고 간 다기에서 물 속 그림처럼 일렁이는 흔적을 가끔 느낀다.

빈 녹차 잔에 물을 붓는다. 그리고 향을 우려내려고 두 손으로 다기를 감싸 쥔다. 다기에 체온이 옮겨지길 바라면서.

이 묵은 다기에 어찌 다향만 배어 있을까.

서예실 풍경

부채 몇 개 사다 사무실에 놓을 생각으로 인사동엘 간다. 이곳 저곳 필방을 기웃거리면서 모처럼 정겨운 것들을 만난다. 붓이랑 화선지 그리고 벼루와 먹 따위가 눈에 들어오면서 부채는 뒷전이고 이들부터 만져보고 쓸어본다. 새삼 그리운 풍경이 떠오른다.

똑, 똑, 똑, 문 두드리는 소리가 들린다. 문 두드리는 게 누군지 나는 안다. 얼른 대답하지 않는다. 다시 똑, 똑, 소리가 난다. "민호야, 빨리 들어와라." 하니 녀석은 문을 열고 얼굴만 들이밀며 "나인 줄 어떻게 알았어요?" 한다. 나는 천연덕스럽게 "좋아하면 다 알 수 있는 거란다."라고 말한다.

민호는 씨익 웃으며 엄지손가락만한 초콜릿 하나를 주머니에서 꺼내 놓는다. 제 과자를 사면서 내 몫으로 사온 것이다. 녀석은 늘 제일 먼저 와서는 글씨 쓰고 있는 내 주위를 빙빙 돌면서 장난만 친다. 다른 아이들처럼 이 학원 저 학원을 다니지 않아 급할 게 없는 녀석은 한 시간 놀고 20분 글씨 쓰고 간다.

리나는 다른 학원을 갔다가 마지막으로 서예실로 온다. 들어서자마자 이야기보따리를 풀어 놓는다. 자기가 좋아한다는 남자친구 이야기를 할 때는 얼굴이 발갛게 달아오른다. 공부가 끝나도 돌아갈 생각을 않고 계속 조잘댄다. 오죽하면 이름을 바꾸자고 했을까. 성이 '소'씨라 '소리나'인데 '소리안나'로. 그래도 리나가 있어 서예실에 생기가 넘친다.

말없이 웃기만 하던 진경이가 요즘 얘깃거리를 꺼낸다. 반장과 부반장이 떠들어 담임선생님이 자기에게 일일부반장 역할을 맡겼다는 대목에선 신이 난 목소리이다. 말이 없던 아이의 이야기라 맞장구를 쳐가며 들어준다.

1학년인 다솜이는 글씨 쓰는 것에 싫증나면 앞치마를 두르고 긴 막대걸레로 먹물이 떨어진 바닥을 닦고 다닌다. 그러면 아이들은 "신데렐라야" 하며 부른다. 6학년짜리 진만이는 제일 늦게 와서는 컵라면이 먹고 싶단다. 가끔 늦게 오는 아이들이 지쳐 보이면 컵라면을 끓였기 때문이다. 진희는 어제 결석했는데 왜 묻지 않느냐고 섭섭하다는 듯 따진다. 은희는 학교에서 독서 감상문상을 받게 되었다며 기뻐해 달란다.

지연이가 글씨를 쓰다말고 들락거리더니 무엇인가에 실망한 눈치다. 왜 그러느냐고 물으니 "노을이 없잖아요." 한다. 언젠가 복도로 나오니 빨갛게 지고 있는 노을이 서쪽 창에 비치고 있었다. 그때 뒤늦게 와서 혼자 글씨를 쓰고 있는 지연이를 불러 노을을 보게 했다. 그 뒤로 지연이는 글씨를 쓰다가 밖으로 나가곤 했던 것이다. 그러나 지연이도 나도 그렇게 고운 노을을 그날 뒤로 보지 못했다.

눈이 내리는 날이면 아이들의 엉덩이가 들썩들썩한다. "얘들아, 붓 내려놓고 눈 구경이나 하자." 환호성이 터진다. 창문이 열리고 밖으로 뛰어나가고 서예실 안팎이 아이들 소리로 꽉 찬다.

아이들이 글씨 쓰기에 열중하면 나는 내심 훼방을 놓고 싶어지기도 한다. "얘들아, 호떡 사 먹을까." 그러면 "와아" 하며 또 환호성이 터진다. "어느 쪽에서 살까? 길 건너 쪽 호떡집으로 갈까. 꽃가게 옆 호떡집으로 갈까." 서예실은 금방 호떡집이 된다.

이렇게 아이들 좋을 대로 해 주는 내 방식의 서예수업이 어머니들 기대에 못 미치고 있는 것은 사실이었다. 그래서 내가 아이들에게 무엇을 가르치고 있는 것일까. 아이들이 가지고 갈 수 있는 것은 과연 무엇일까. 하는 자문을 하기도 했다.

많은 어머니의 바람은, 아이가 붓으로 글씨를 반듯하게 쓰는 것이다. 더러는 글씨 쓰기를 하면서 차분해지기를 바라기도 하지만 모두 단번에 되는 것이 아니니 나로서는 버거울 수밖에 없다. 그나마 아이들에게 줄 수 있는 것이 있다면 이웃 집 아줌마 같은 선생에게 하고 싶은 이야기 털어놓을 수 있도록 해 주는 것이며, 편하게 놀다가 마음 내킬 때 화선지에 정성들여 글씨를 쓰도록 해주는 것뿐이었다. 아이들이, 서툴고 어설프지만 먹을 갈고 붓을 들어 한 획 한 획 그어본 순간을, 어른이 된 뒤에 문득 되새김질로 떠올리기를 바라기도 했다.

서예라는 것이 요즈음 시대에 어울리지 않는 학습일지 모르지만 아이들의 심성을 가꾸는데 밑거름이 될 것을 믿었다. 그러기에 작은 자리이지만 지키고 싶었던 것이다.

필방주인이 붓을 살 거냐고 묻는다. 다시는 볼 수도 경험할 수도 없는 서예실 풍경이 사라지는 화면처럼 점이 되어 없어진다.

나는 작은 부채 다섯 개를 사서 들고 나온다.

15분의 여유

　겨울방학을 맞은 수강생 아이들이 오전부터 모여든다. 재잘거리며 한 시간 남짓 붓글씨를 쓰는 아이들은 정오쯤 되면 모두 돌아간다. 은근히 기다리기도 한 시간이지만 쓸쓸한 기분 또한 맛보아야 하는 시간이기도 하다.

　갑자기 마주 친 어둠에서 비틀거리듯 일시에 사라진 소리로 잠시 평형감각을 잃고 휘청한다. 한참을 멍하니 있다 혼자 있는 공간에 편안해지면, 그때서야 기다리던 시간을 마중하러 창가 햇볕 속으로 들어간다. 바람을 걸러낸 겨울 햇살이 참 따스하다. 느슨하게 허리띠를 풀면 몸과 마음도 덩달아 풀린다. 얼마를 졸았을까. 느릿느릿 몸을 일으킨다.

전기주전자에 물을 붓는다. 차를 마시며 혼자만의 시간을 여유로 느끼려는 것이다. 차는 약수로 우려내야 제 맛이 난다고 하지만 약수가 없으니 수돗물을 끓인다.

물을 끓이고 식히고 그리고 찻잎을 다기에 넣고 우러나기를 기다리는 것, 차분해지기를 기다리는 것, 이것이 차 맛과 차색을 내는 비결이며 여유를 부릴 줄 아는 비결인 듯싶다.

15분의 여유라면 충분하다. 그러나 나는 조급증에 걸린 사람처럼 이 15분을 기다리지 못하고 먹을 갈거나 책을 들여다본다. 그러다가 때를 서두르기도 하고 놓치기도 하면서 번번이 차 맛을 엉망으로 만든다. 기다리지 못하고 우려낸 차는 갈색을 띠고 떫다.

차의 맛은 곧 색과 향이다. 맛을 제대로 내려면 오랜 경험과 숙달에 의한 것이기도 하지만 더 중요한 것은 차를 우려내는 사람의 여유라 하겠다.

와사 선생은 차를 잘 우린다. 이야기를 나누면서도 끓이고 식히고 우려내는 때를 놓치지 않는다. 유백색 다기가 배추 고갱이 같은 연한 연두색 차를 품는다. 향이 차색을 뒤따른다. 절제와 분방, 긴장과 여유가 공존하는 선생의 다도는 차분함 속에 활기를 띤다.

선생이 다른 곳으로 떠나기 전에 다도를 배워야 했다. 나는 차

한 잔 우려내는 것쯤 배우지 않아도 되는 줄 알았다. 차 맛을 안다고 여겼는데 그것도 착각이었다.

혼자서 마시는 차를 신神이라 한다. 즉 신령스럽고 그윽하여 이속의 경지와 같다는 말이다. 선승들은 차를 선禪의 경지까지 승화시켜 다도라 한다. 차를 준비하여 마시는 것조차 예사로 생각해서는 아니 된다는 뜻이리라.

몇 년 전 백담사에 들렀을 때 둘러보았던 산방다실이 생각난다. 목조건물의 상큼한 나무향이 새로 지은 것임을 알게 했다. 주인 없는 다실에는 '차나 한잔 들고 가게나'라는 편액이 손님을 맞이했다. 고즈넉한 산사의 다실에서 차 한 잔 들고 싶은 충동이 왜 아니 일었을까마는 서두르는 마음이 앞서 그냥 돌아서 나오고 말았다. 그 뒤로 백담사 산방다실이 나의 마음에 머물면서 차 한 잔 들고 가라고 도닥거리는 것이었다. 내가 얼마나 번거롭게 살고 있는지를 돌아보게 하는 꼬투리였다.

끽다거喫茶去.

당나라 고승 조주선사의 화두라 한다. 선사는 자신을 찾아온 수행자들에게 '차나 한잔 들고 가게나'라고만 했다.

차 마시는 일이 곧 도이며 도는 차 마시는 일과 같다. 라는 것이 아닌가. 도는 우리의 일상과 결코 별개가 아님을 지극히 평범한 언어로 일러준 것이라고 그 뜻을 새겨본다. 쉽기만 할 것 같은 차 마시는 일을 매번 망치면서 이 이야기가 새삼 공식 없는 수학 문제처럼 다가온다.

15분의 여유도 챙기지 못해 떫은 차를 마셔야 하는 나는 과연 번거로움에서 벗어날 수 있을지. 그리고 얻고자 하는 것을 세우지 못했으니 무엇을 얻고 무엇을 버릴 것인지.

저만치 탁자 위에 있는 다기와 세작 한 통이 여유로 다가온다. 하지만 나는 섣불리 차 우려낼 생각을 하지 말아야 할 것이다.

따로따로가 아니다

담요 깔린 방바닥이 따듯하다. 배 깔고 책이나 읽을까 하다 도리질을 치고 욕실로 가서 걸레를 들고 나온다. 별난 일도 아니고 청소하는 일인데 할까 말까 또 흔들렸다. 마귀의 유혹이라도 뿌리친 듯 어깨를 으쓱거리곤 거실부터 닦기 시작한다.

결혼 초에는 물론 아이 둘을 키우면서도 날마다 걸레질에 틈틈이 유리창도 닦았다. 단독주택에 살면서 이웃에게 흉이라도 잡힐까 때때로 대문 밖까지 쓸고 물청소를 했다. 그러다가 집안에만 갇혀 사는, 김치 냄새 찌개 냄새 풀풀 풍기는 아줌마가 될까 봐 겁났다. 나 자신을 찾아야 한다며 여기저기 기웃거리면서 걸레부터 팽개쳤다. 먼지 쌓인 창틀 다림질 안 해도 되는 이불홑청 그리고 김치마저 달랑거리는 식탁. 부끄러워해야할 터이지만 오히려 자랑스럽다는 듯 큰소리로 이야기 했다.

허구한 날 청소며 빨래 또 부엌일에 매달리는 것은 한심한 짓이다. 무딘 사람이나 그러면서 산다. 그러면서 무엇인가 남다른 것을 하는 척 했다.

지난 연말 막내동생이 강아지 한 마리를 안고 왔다. 눈썰매를 끄는 시베리아 허스키라고 했다. 자기가 기르고 싶은데 아파트라 안 된다며 우리보고 길러보라고 했다. 못 기른다며 내가 손사래를 쳤는데도 동생은 모른 척 두고 갔다.

한겨울에 오자마자 어린 개를 밖에다 재울 수 없어 우선 거실에 두기로 했다. 강아지라 그런지 오줌똥을 자주 쌌다. 그럴 때마다 쫓아다니며 닦아야 했다. 나는 아침에 일어나면서부터 걸레를 들고 다녔다.

오줌 싼 곳을 닦다가 내친김에 거실을 닦고 다음엔 주방을 안방을 그리고 아이들 방까지 닦았다. 해서 날마다 집안 구석구석을 닦게 되었다. 먼지 뭉치가 걸레에 묻어나올 땐 나의 게으름을 누군가에게 들킨 것 같아 부끄러웠다.

바닥이고 가구고 틈틈이 닦았다. 참으로 신기한 것은 집안의 크고 작은 살림살이가 이제야 제자리를 찾은 듯 편안해 보인다는 것이다.

손이 닿는다하여 그것을 손길이라 할 수는 없을 것이다. 마음을 전하는 손일 때, 이러한 것을 '마음 손'이라 하던가. 나는 이런 손길이 닿을 때라야 마음이 있는 것이든 없는 것이든 움직인다고 믿는다. 그래서 내 손길에 우리 집 물건이 무심할 수 없었을 것이다.

그동안 걸레 든 모습은 내 모습이 아니라 했다. 보이지 않는 것을 귀히 여기고 보이는 것을 업신여겼다.

요즘 들어 자주 떠오르는 이야기가 있다.

중국의 선승 마조선사가 있던 절에서는 평소에는 물론 전란호란 30년 동안에도 장독의 장이 줄지도 늘지도 않고 늘 같았다. 장맛 또한 변함없었다.

이 이야기를 해준 사람은 이 말의 핵심은 평상심이지만 구도와 일상이 따로 일 수 없다는 설명까지 덧붙였다. 아마도 그는 이것저것 구분 지으며 이 일 한다고 저 일에 소홀하고, 저 일 한다고 이 일 팽개치는 내 모습 보며 해 준 말인데 그때는 알아듣지 못했다.

방 닦는 일과 자신 찾는 일이 따로따로가 아니다. 모두 내 모습을 가꾸는 소중한 것임을 뒤늦게 깨닫는다.

유리창을 비치고 들어온 햇빛에도 부끄럽지 않은 깨끗이 닦인 바닥을 눈길로 한 번 더 쓸어낸다. 순간 빈터 같은 행복감에 빠져든다.

이러쿵저러쿵 이야기하며 무엇인가를 해보려는 것은 모두 행복해지고 싶어서다. 모든 빛을 섞으면 흰빛이 된다던가. 세상 사람이 하는 모든 말을 모아서 물감처럼 물에 풀었을 때 색이 생긴다면, 그것은 아마 '행복'이란 색깔일 거라고. 그런다면 빨간 색 파란 색 하듯 행복 색 해야 할 거라고. 그러니 행복하면 되는 것 아니냐고. 걸레를 헹구면서 흥얼거린다.

뜰에서 마른 잎 밟히는 소리가 들린다. 강아지가 뛰어다니는 모양이다. 일주일 전 그러니까 우리 집에 온 지 20일쯤 됐을 때 뜰로 내보냈다. 어떻게 키울지 걱정이라며 동생에겐 볼멘소리를 하지만 아무래도 녀석과 벌써 정이 든 것 같다. 걸레를 든 채 뜰 쪽에 대고 녀석을 불러본다. "너울아."

텅 비어있을 하늘

봄나들이 길에 사람이 붐빈다. 그 사람들 위로 넓게 펼쳐진 하늘을 바라본다. 혹시 저 많은 사람의 수만큼 천사들이 오가느라 하늘도 복잡한 것은 아닐까. 하지만 텅 빈 듯 하늘은 한가로운 모습이다.

천주교회에서는 모든 사람에게 저마다 수호천사가 있어 늘 지켜주며 보호해 준다고 한다. 불교에서도 같은 의미의 호법신장이 있다고 한다. 그리고 보면 인간은 신의 보호를 받고 사는 선택된 존재임에 틀림없다.

호법신장에 대해 재미있는 이야기를 들었다.

신라시대의 의상대사는 그의 도심이 하늘에 닿아 천공天供을 받으며 살았다. 어느 날 원효대사가 의상을 찾아왔다. 의상이 원효를 반가이 맞이했다. 두 사람이 이런저런 대화를 나누다보니 점심 공양 때가 되었다. 의상은 자기에게 내려지는 천공을 원효에게 대접하고 싶었다. 돌아가려는 원효를 붙잡았다. 그런데 점심때가 지나도 밥상이 내려오지 않는 것이었다. 조금만 더 있다 가라며 원효를 붙잡았지만 밥상은 끝내 내려오지 않았다. 원효는 돌아갔다.

수행을 하는 스님은 오후불식이라 하여 오시午時가 지나면 음식을 먹지 않는다. 오후 한시가 되어 의상도 포기하고 말았는데, 그때서야 하늘에서 진수성찬이 내려오는 것이 아닌가. 화가 난 의상이 "원효에게 점심을 대접하려고 했는데, 이제 오면 어떻게 하느냐"고 호통을 쳤다. 그러자 시중을 드는 이가 말하기를 "하늘에 원효대사의 호법신장이 꽉 차 있어서 도저히 뚫고 내려올 수가 없었습니다. 원효대사가 돌아간 뒤 겨우 내려왔습니다."라고 말했다.

원효대사의 호법신장이 그를 호위하기 위해 하늘을 메울 만큼 많았다는 것은 무엇을 뜻하는 것일까. 하늘은 우리가 사람답게 살고, 사람을 위해서 살 때만 도와준다는 뜻일 게다. 사람이 많지 않던 그 옛날엔 땅 위는 한가로웠어도 하늘은 천사와 호법신장으로 늘 북적거렸을 것만 같다.

얼마 전 건물[삼풍백화점]이 무너진 하늘 위에나 다리[성수대교]가 붕괴된 하늘 위에나, 보호하고 호위할 사람이 없어 수호천사도 호법신장도 없었던 것일까. 아마 그러하진 않을 것이다. 달리 생각해 보면 건물을 지을 때부터, 다리를 놓을 때부터, 아니 어쩌면 훨씬 전부터 그들은 이미 우리 곁에 있지 않았던 것인지 모른다.

지금도 그들이 보호해 줄 사람다운 사람이 별로 없어 텅 비어있을지도 모를 하늘. 그 하늘엔 우리 욕심이 빚어 낸 오염된 대기로 가득 찼을 것이다.

언제쯤이면 거리마다 오가는 사람만큼, 천사와 호법신장이 하늘에 몰려올까. 하늘을 쳐다보니 하얀 구름이 둥근 호박을 커다랗게 그리고 있다. 혹시 저 호박구름이 천사의 수레로 나타나는 것은 아닐까, 하는 어린애 같은 상상에 순간 가슴이 설렌다.

이름값

꽃샘추위와 봄이 자리다툼을 하는 동안 3월이 훌쩍 지나갔다.

4월이 되면서 봄이 제자리를 찾자 물오른 나뭇가지에 새 잎이 돋고 꽃이 피기 시작한다. 거실 창을 열고 뜰을 둘러본다. 라일락 꽃봉오리가 소담스럽다. 머지않아 라일락 향기에 흠뻑 취할 것이다. 한데 라일락보다 먼저 그 자태와 향기로 우리 가족을 즐겁게 하는 나무가 있다.

이 나무는 목련을 닮았지만 꽃 피는 모습이 다르다. 봉오리가 터지면서 꽃잎 6개가 바로 쫙 벌어진다. 목련 꽃보다 작은 꽃이 잎과 함께 피기 때문에 유백색과 연두색이 어우러져 목련에 비해 싱그러운 맛을 더 낸다. 잎사귀 틈을 비집고 내민 꽃이 귀엽다.

꽃술을 다 드러낸 꽃은 산골소녀를 연상케 한다. 잎보다 먼저 피어 단아한 여인을 연상케 하는 목련꽃과는 다르지만 그래도 우리 집에서는 이 나무를 목련이라고 했다.

2년 전이다. 정원수에 살충제를 뿌리러 온 아저씨가 "산목련도 있네요." 했다. 산목련이라, 얼마나 상큼하고 잘 어울리는 이름인가. 목련이라고 부르긴 했어도, 아이에게 어른 옷을 입혀놓은 듯 어딘지 모르게 어색한 느낌이 들었다. '산' 자를 붙이고 보니 정말 나무에서 산 냄새가 물씬거렸다.

'산여울, 산그늘, 산빛, 산그림자, 산자락' 모두 '산' 자가 붙으니 서정적 느낌을 준다. 여기에 산목련을 하나 더 보탠다.

그런데 지난 봄 가지도 자르고 밑거름도 주러 온 정원사는 "개목련이 있네요." 하는 것이 아닌가. 뜻밖에 듣는 말에 순간 거슬리기도 하고 잘못 알고 있구나 싶어 "아니, 산목련이죠." 했더니, "에이 개목련예요." 하며 짜증스럽게 말하는 것이다. "아저씨, 개목련보다 산 목련이 예쁘잖아요." 해도 무뚝뚝한 말투로 끝까지 "개목련이에요, 개목련." 하는 것이다.

'개' 자가 앞에 붙은 낱말, '개 팔자, 개살구, 개망초, 개망신' 따위는 서정적 감정을 불러일으키지 못한다. 개목련이 맞다 해도 개목련이라 부르고 싶진 않다.

하건만 나무를 볼 때마다 개목련이 먼저 떠오른다. '산목련이야' 마음속으로 해도 '산' 자가 풍기는 느낌이 자꾸 반감된다. 더 이상한 것은 나무 꼴이 점점 볼품없이 되어 간다는 것이다.

사람들은 모든 사물에 쓰임새에 따른 이름을 붙인다. 그러면 사물과 이름이 서로 어울려진다. 할아버지가 막대기 하나를 주워와 "이것 내 지팡이다." 하면 그 막대기는 지팡이로 행세하게 된다. 어느 날 쓰던 지팡이를 막대기로 쓰라며 내던져버리면, 그 지팡이는 막대기꼴이 된다. 이렇듯 막대기가 지팡이로, 지팡이가 막대기로 인식되면서 꼴이 이름을 닮아간다.

아이의 이름을 지을 때 부모는 마음을 다해 보물 찾듯 좋은 이름을 찾는다. 그리고 품성이나 인격이 이름의 뜻과 같아지기를, 또 이름값을 제대로 해내기를 염원한다. 부모가 자식의 이름을 짓고 부르는 마음이 곧 기도인 것이다.

이름이라는 것은 직업이나 직책 그리고 인품에 또 이미지에 따라서 그 대접을 받는다. 고상하고 품위 있는 이름이 붙여지면 그것에 상응하는 몫을 해내려고 노력하는 것도 바로 이 때문이다. 자리가 사람을 만든다는 말도 있지 않은가. 그래서 대부분의 사람들은 자기 이름 앞에 놓일 또 다른 이름에 걸맞는 모습을 갖추려 한다. 그렇지 못할 땐 사람이나 물건이나 이름값도 못한다고 비난을 받기 일쑤다.

꽃송이 몇 개 달고 야윈 모습으로 서 있는 산목련을 바라본다. 예전의 모습을 잃어가는 것이 내 탓만 같아 미안하다. '누가 뭐래도 너는 산목련이야.' 하니 금방이라도 싱그럽고 풍성해질 것 같은 태세가 느껴진다. 이제부터는 이름표 붙여놓고 오가며 불러주겠다고 약속한다.

다음 봄에 만날 산목련을 그려보며 내 모습에 붙여질 이름도 생각해 본다.

일휴정一休亭

　지난 해 여름이다. 지리산 근처 어느 산중으로 내려 간 이 선생 부부가 황토 집을 짓고 있다기에 남편과 함께 찾아갔다. 밖은 어수선해도 내부는 손질이 거의 끝난 듯 정리되어 있다. 황토 마르는 냄새가 구수하게 코끝을 당겼다. 황토벽에 햇살이 비치니 발그스레한 빛이 돈다.

　황토를 물에 개서 바르고, 마르면 또 바르기를 무려 아홉 번을 했다는 집에서는 흙의 아늑함과 소박함이 그대로 느껴졌다. 흙을 거스르는 자재는 아무리 튼튼하고 편해도 쓰지 않았다고 한다. 그리고 보니 귀틀집이다.

　집짓기가 끝나면 지금 쓰고 있는 화장실을 헐어내고 다시 지을 것이라 했다. 두엄을 만들기 위해 재래식으로 한 칸, 도시에서 오는 사람을 위해 수세식으로 한 칸, 이렇게 두 칸을 황토 집과 어울리게 지어 볼 것이라고 했다. 그러고서 이름표를 달아 놓을 거라며 우리에게 그 이름 좀 지어 보란다. 내가 냉큼 "해우소 라고 하죠." 했더니, 요즘엔 너도나도 다 써 붙이는 이름이라며 싫다고 했다. 집에 돌아와서 생각해 봤지만 그럴듯한 이름이 떠오르지 않았다. 재촉을 하지 않는 것을 보니 이름을 지었거나 아니면 아직 덜 된 모양이라며 미루다 내내 잊고 지냈다.

가을에 지리산 천왕봉을 오르기로 남편과 계획을 세웠다. 그러려면 산장이나 그 근처에서 자고 새벽에 산을 타야 한다. 우리는 이 선생 네에서 묵기로 했다.

일정을 잡아 집을 나선 우리는 서쪽 산그림자가 마을을 덮을 때쯤 도착했다. 고개를 들어 마을 맨 위쪽에 자리한 이 선생 네 집을 쳐다보니 작은 통나무집 한 채가 눈에 들어온다. 창 두 개가 앞산을 바라보고 있다. 지붕에 날렵하게 얹혀진 기와 모습이 정자처럼 보인다. 가까이 다가가니 마당 끝 축대 밑에 네 개의 기둥을 세워, 한 길 정도는 시멘트 블록으로 쌓아올리고 반 길 정도는 바람이 드나들도록 터놓았다. 짚과 톱밥이 수북이 쌓여있는 두엄터다. 통나무집은 바로 그 두엄터 위에 세워진 것이다. 두엄터와 이어진 텃밭에서는 싱싱한 채소들이 키 재기를 하며 주인보다 먼저 우리를 맞이한다.

　나무토막을 가로로 박아 놓은 가풀막을 헐떡이며 올라서면 바로 마당으로 들어서는 입구다. 마당으로 들어서니 출입문 두 개가 나란히 붙은 통나무집이 정면으로 보인다. 반으로 쪼갠 통나무 조각에 먹물글씨로 '一休亭'이라고 쓴 편액이 문 위쪽에 붙어있다. 필력이 느껴지는 행서의 서체는 한눈에 알아볼 수 있는 집주인의 글씨다. 그리고 그곳이 어떤 곳인지 우리는 금방 알아차린다.

　오랜 시간 차 안에 있었던 탓인지 용무가 급해진다. 급하게 뛰어가려는데 오히려 걸음이 느려진다. 온갖 풍경이 한눈에 들어오지만 모두가 잠잠할 뿐, 나를 방해하는 것은 아무 것도 없다. 눈앞에 펼쳐진 능선을 바라보는데 눈길이 끝없이 가고 있다.

　'일휴정'이라는 이름표를 보는 순간 좀 더 조용한 곳으로 들어가는 기분이다. 내부에 들어서니 나무 바닥은 부숭부숭하고 물 한 방울 사용하지 않아도 배설물은 보이지 않는다. 산바람이 들락거리니 오래 있어도 냄새가 나지 않을 것 같다. 문 앞에는 고무호수를 타고 온 계곡물이 졸졸거리며 기다린다. 일휴정에는 수세식은 없다.

창으로 바람만 들어오는 게 아니다. 산과 하늘 그리고 지나가는 구름이 틀 속 그림처럼 들어온다. 나는 볼일을 끝내고도 창으로 들어오는 선경을 보느라 한참을 지체한다. 아, 이것이 一休인가.

누구의 방해도 받지 않고 잠깐 쉴 수 있는 곳. 그래서 그 곳에 갈 때는 누구든 일휴정에 간다고 한다.

고사리를 꺾다

뒷산에 고사리가 올라오고 있다는 이 선생 전화다. 이런 소식을 들을 때마다 금방이라도 뛰어가고 싶지만 한 번도 때를 맞추지 못했다. 오히려 말려 놓은 것을 염치없이 얻어먹기만 했다.

고사리는 어릴 때 꺾어야 하기 때문에 때를 놓치면 안 되는 것이다. 이번에는 다른 일 제쳐두고 내려왔다. 고사리가 아니더라도 멀리 지리산을 바라보며 흐린 눈을 씻으려고 가끔 왔다가곤 하는 곳이다.

큰 주머니가 달린 앞치마를 두르고 장화와 챙 넓은 모자 그리고 장갑까지 챙긴다. 이 선생 네가 워낙 바쁘다보니 혼자 가기로 한다. 외진 데다 드나드는 발길이 거의 없어 호젓하긴 해도 고사리를 꺾으며 혼자 놀 궁리를 하니 무서움보다는 설렘이 앞선다. 뒷산에는 큰 바위가 있다. 그 큰 바위에 신선처럼 앉아서 감히 무위의 경지를 탐내고 있던 참이다. 한껏 펼쳐진 산과 하늘에 나를 맡기고 앉아 있으면 무애의 바람이 이리저리 흔들어 빨래를 헹구듯 헹구어 줄 것만 같다.

뒷산이라고 하지만 마을의 위치가 해발 600미터를 넘으니 서울 근교의 웬만한 산 높이이다. 산세 또한 만만치 않게 가팔라서 기어서 오르다시피 해야 한다. 뱀을 만날지도 모른다는 말에 장화까지 신고 나섰지만, 풀이 흔들릴 때마다 그대로 얼어붙은 듯 걸음을 떼어놓지 못하고 보이지도 않는 뱀을 찾는다. 그냥 내려갈까. 하지만 벼르고 별러서 예까지 온 것이다. 신선도 돼보고 싶고 고사리도 꺾어보고 싶다.

얼핏 손가락 길이의 청회색인 듯도 하고 암갈색인 듯도 한 줄기가 스친다. 꼼짝 않고 서서 눈길로 천천히 더듬는다. 여기저기 한 뼘쯤 쏙쏙 올라온 고사리 대가 눈에 들어온다. 어느 것부터 꺾어야 할지 손이 바쁘다. 이쪽에서 꺾고 저쪽 것을 꺾으려고 하면 그새 어디로 갔는지 보이지 않는다. 마치 숨바꼭질을 하는 것 같다.

이제 나는 고사리를 따라 짐승처럼 네 발로 산을 기어오른다. 생각만으로도 모골을 송연케 하는 뱀도 잊은 지 오래다. 큰 바위에 앉아 우화등선하려던 꿈도 접은 지 오래다. 오가피나무가 무성한 그늘 속에 고사리가 많다고 했지만 뱀이 똬리를 틀고 있을 것만 같아 그냥 지나갔다. 하지만 다시 돌아와 그 속을 헤치고 기어들어간다.

꽤 높은 곳까지 올라온 듯 이 선생 집이 보이지 않는다. 큰 바위도 언제 지나쳤는지 저 밑에 있다. 앞치마가 묵직해지면서 땀도 나고 다리 힘도 빠지고 슬슬 배도 고파온다. 그만 내려가야지. 조심조심 산비탈에 발을 내려딛기 시작한다. 앞치마에서 비릿한 고사리 냄새가 올라온다. 싱싱한 대가 시들고 있는 것이다. 참 많이도 꺾었다.

이제는 발 앞에서 유혹해도 못 본 척 그냥 내려가리라. 멀리 산이 산을 품으며 층층이 그려낸 그림 같은 능선에다 아예 눈길을 동여매리라. 욕심 없는 눈에는 누운 부처로 보인다는 능선. 능선이 순한 눈매로 바람을 안고 다가온다. 쏴쏴 바람이 나뭇가지를 흔들고 나를 흔든다. 순간 어떤 기운이 내 몸에서 슬그머니 빠져나간다.

비움을 통한 자아천착自我穿鑿
– 사유의 깊이와 문학적 형상화

김형진
수필가, 수필평론가

수필은 작가와 가장 밀착되어 있는 문학 장르이다. 작가의 일상에서 포착된 외면적인 현상이나 상황을 제시함으로써 작가의 내면에 잠재된 사유를 표출하는 것이 수필이기 때문이다. 수필뿐 아니라 타 문학 장르에도 작품의 중심에 작가가 있게 마련이다. 시의 시적자아가 창작 주체인 시인을 벗어나 존재할 수 있으며, 소설과 희곡의 등장인물이 작가의 권외圈外에 존재할 수 있겠는가. 이는 모든 예술에 두루 적용된다.

예술은 문학, 미술, 음악 등의 종개념種槪念을 품고 있다. 이들은 표현수단이 다를 뿐 작가의 내면을 표출하는 방법은 동일하다. 언어, 색이나 선, 소리 등, 표현수단은 다르지만 이를 활용하여 형상화함으로써 작가의 내면에 잠재한 사상이나 감정을 표출한다는 점에서 동일하다는 말이다. 아울러 색의 화려함이나 소리의 강열함에 혹한 그림이나 노래가 명작이 될 수 없듯 미사여구나 흥미 위주의 문학작품 또한 명작이 될 수 없음은 당연하다. 문학작품 중에서도 작가의 내면을 대리인 없이 표출해야 하는 수필에서는 더욱 그러하다. 수필은 깊은 강물이 큰 소리 없이 흐르듯 잔잔하지만 유유한 흐름 속에 작가의 사유를 담아내는 문학 장르이다.

이경수의 수필에는 화려한 채색도 쩌렁쩌렁 울리는 웅변도 없다. 화려하지도 강열하지도 않은데 마음에 와 닿는다. 글이 눈에 보이는 게 아니라 마음에 와 닿음을 느낀다.

> 우물을 내려다본다. 좁고 깊은 우물 속에서 아이의 모습이 가물거린다. 너무 깊어 제대로 보이지 않는다. 들여다보면 볼수록 멀어지는 듯하다. 큰 우물에서 새파랗게 보이던 하늘도 여기서는 검은 색이다. 불현듯 물에 비친 아이가 내가 아닐 수도 있다는 생각에 섬뜩하여 뒤로 물러선다. 어른들은 아무렇지 않게 두레박을 올리면서 물길이 깊어 물맛이 좋다고 한다. 깊고 어두운 물속을 두려워한 나는 그 물을 길어다 쓰는 사람들에게도 겁을 먹는다. 쉽게 속내를 보이지 않으려는 우물을 대하기에는 내가 어리다는 생각에 돌아선다.
>
> 깊은 우물은 내 안에 더 깊은 우물을 팠다.
>
> ─ 〈또 다른 우물〉의 결미

땅을 파 지하수를 고이게 한 우물은 사람들의 생활은 물론 생명까지도 관장하는 시설이다. 물 없이는 영향을 공급하는 음식을 조리할 수 없고 영향을 공급 받지 않고는 생명을 유지할 수 없는 게 사람이니 말이다. 그래서 사람 사는 동네에는 반드시 우물이 있었다.

화자는 어릴 적 살던 동네에 있던 세 개의 우물을 떠올린다. 물속이 환히 들여다보이는 '큰 우물'은 일반적인 자아自我의 반영이다. 넘쳐 어디론가 흘러가는 '바가지 우물'은 새로운 세계를 추구하나 과감히 나서지 못하는 자아의 모습이다. 너무 깊어 속내를 들여다볼 수 없는. 그래서 무섭기까지 한 '깊은 우물'은 불확실한 자아의 내면형상內面形象이다. 작가는 세 개의 우물을 통해 자아의 진면목을 탐색하고 있는 것이다.

그러나 진여眞如한 자아의 모습이 쉽게 찾아질 리는 만무하다. 이는 작가 이경수 앞에 던져진 화두임에 분명하다. 그래서 〈또 다른 우물〉을 팔 수밖에 없다.

좁고, 꼬불꼬불하고, 한적한 길을 숨결에 맞추어 느릿느릿 걷는 어린 화자의 모습. 이는 작가 내면의 그림자이다. 이 〈좁은 길〉을 걸으며 생각하고 느끼는 모든 것이 바로 작가가 지향하는 내면의 세계이다.

보는 것 듣는 것이 나이대로 늘면서 삶에 꼬투리로 이것저것 달린다. 그런데도 스스로 느끼는 무게는 가볍기만 하다. 여물지 못해 허울뿐인 꼬투리 때문이리라.

자신을 쪼개고 부수어 키질해야 할 것을 이 나이 되어서야 안다. 헛것들이 흩어지고 나면 알맹이에 귀 대고 숨소리를 들어야 할 일이다. 이 숨소리에 내 숨소리 닿아 한 호흡 되면, 나도 어머니처럼 아픈 허리 펴며 마음 허리도 곧추세워야 하리.

허울로 가득 찬 내 안에서 이따금 무언가가 꿈틀대는 느낌에 숨이 가빠진다. 들숨을 깊게 날숨을 길게 뿜어낸다. 그러면 까닭 없이 나를 짓누르던 외로움과 상실감이 슬금슬금 뒷걸음치듯 사라진다. 이렇듯 나를 꿈틀거리게 하는 힘의 자리가 어디인지 더듬어 간다.

고무신 신고 갈 곳, 아니 갈 곳 가리지 않고 다니시던 어머니. 이런 어머니의 휘어진 등을 보며 그 모습 닮을까 봐, 나는 구두 신고 갈 곳만 찾아 다녔다. 그러나 그 뿐이다. 내 안에서 살아 숨 쉬는 것엔 '어머니'라는 알맹이도 있는 것을 어쩌랴.

― 〈두 여인〉 중에서

'나'는 '어머니'의 분신이다. '어머니'의 몸에서 분리된 것이 '나'이니 말이다. 어머니의 모습이 나의 심연에 자리하고 있음은 당연하다. 그래서 어머니는, 생활습관은 물론 정신세계에서도 절연絕緣할 수 없는 내 본연의 모습일 수밖에 없다.

쭉정이를 날려버리고 알맹이를 취하는 어머니의 키질. 화자는 나이가 먹은 뒤에야 어머니의 키질이 자신에게도 이어져 있음을 깨닫는다. 그러나 어머니의 키질이 알곡을 취하기 위한 작업이었다면 화자의 키질은 살아오면서 덕지덕지 달라붙은 허울들을 날려버리고 본연의 자아를 찾으려는 노력인 것이다.

〈빨래〉에서 제시한 홍진紅塵에 찌든 '나'를 빨아 헹구는 작업 또한 선연한 자아 탐색을 위한 노력의 일환이다.

〈또 다른 우물〉과 〈두 여인〉에 활용한 두드러지지 않으나 적절한 비유와 간결하고 선명한 묘사는 작품에 생동감을 더해준다.

이경수 작가의 본연의 자아 탐색은 여기서 그치지 않는다. 어릴 적 친정집 화단에서 홀로 솟아오르는 꽃대를 보고 무서움을 느꼈던 상사화. 그 상사화를 친정어머니가 화단에 심어 놓았다. 2월이면 큰 난초 잎 같은 튼실한 잎이 6월이면 흔적도 없이 시들어버린다. 장마가 지나면 잎이 진 자리에서 꽃대가 오른다. 잎이 진 뒤에야 꽃대가 오르는 상사화는 가지도 잎도 없이 홀로 피는 꽃이다.

눈을 뜨고 꽃을 바라본다. 꽃 앞에서 내가 무겁다. 나는 마른 억새처럼 가볍기를 바란다. 그런데 자꾸 무거워진다. 언젠가 산골마을 작은 호수 앞에서도 그랬다. 그때 물가에 풍경을 그대로 담고 있는 호수는 맑고 고요했다.

간소하고 맑은 것에서는 깊고 빈[空] 것을 느낀다. 거칠고 무거운 결을 삭히고 얻어낸 가벼움이다. 나는 이런 것 앞에 있을 때 비로소 누덕누덕한 나의 무게를 실감한다.   -중략-

잎은 잎대로 왔다가고 꽃은 꽃대로 왔다가도 그들이 돌아 간 곳은 뿌리. 그 곳에서 하나 되는 것을 알기에 이파리도 꽃도 홀로 피다가 저리 가볍게 떠나는 것이리라.

― 〈홀로 된 꽃〉중에서

상사화는 숙명적인 외로움의 표상이다. 자칫 감상적인 정서를 유발하기 쉬운 소재이다. 그러나 화자의 시각은 사뭇 다르다.

가을에는
호올로 있게 하소서

나의 영혼
굽이치는 바다와

백합의 골짜기를 지나

마른 나뭇가지 위에 다다른 까마귀같이

　　　　— 김현승의 〈가을의 기도〉 전 4연 중 3, 4 연.

이 시의 테마와 상통한다. 아직 가벼움을 얻지 못하고 누덕누덕 무거운, 곧 마른 나뭇가지에 다다르지 못하고 굽이치는 바다와 백합의 골짜기를 헤매고 있는 자신을 실감하고 있는 것이다. 그러나 실망하거나 좌절하지는 않는다. 잎도 꽃대도 같은 뿌리에서 돋은 것이니까. 허상이라 할 수 있는 외형이 아니라 본질을 들여다보고 있기 때문이다.

대문에 자리 잡은 풀꽃이나 앞집에 사는 사람이나 이웃이기는 마찬가지다. 이 이웃과 화목하기 위해서는 상대에게 가까이 다가가는 것이 상책이다. 다가가 진심어린 시선을 주었을 때 상대의 진가를 찾아볼 수 있다.

작은 풀꽃을 보려면 아주 가까이 다가가야 한다. 그리고 아주 오래 보고 있어야 한다. 나는 뒤늦게 피기 시작한 대문 밖 풀꽃 앞에 쪼그리고 앉아 한 송이에만 눈길을 모으고 한참을 들여다본다. 비로소 꽃이

지닌 색깔을 보고 꽃이 품은 향기를 본다. 나를 바라보는 한사람을 위해 내가 웃던 것처럼 자기를 온전히 바라볼 한 사람을 위해 꽃망울을 터뜨리는 풀꽃. 하늘과 땅 사이에서 오직 하나, 나와 같은 작은 모습을 본다.

— 〈가까이 보아야 예쁘다〉

어느 날이다. 빨래를 널고 안으로 들어가려는데

"이 봐요. 이 봐요" 하고 누군가를 부르는 소리가 들렸다. 담 너머에서 아저씨가 오라는 손짓을 하며 날 부르는 거였다. 또 무슨 시비를 걸려고 그러나 덜컥 겁이 났다.

"이거 저 꽃 꽃씬데 내년에 심어보슈."

꼭꼭 접은 하얀 종이봉투를 건네는 것이었다. 봉투에는 '족두리 꽃'이라고 적혀 있었다. 내가 아주머니에게 무슨 꽃이냐고 물었던 그 꽃 씨앗이다. 그날 아저씨는 소년처럼 수줍은 표정이었다. 나 또한 얼었던 몸이 풀리는 듯 오싹하니 떨렸다.

내년 여름에는 옆집 꽃밭에도 우리 집 꽃밭에도 족두리 꽃이 하늘 댈 것이다.

— 〈꽃씨〉 중에서

〈가까이 보아야 예쁘다〉는 얼핏 보아 하찮아 보이는 대문 앞 풀꽃에서 아름다움을 발견하는 화자의 시선이요, 〈꽃씨〉는 텃세 부려 반목하는 앞집 사람에게서 순수한 인간성을 찾아내는 화자의 시선이다. 이는 작가의 내면에 축적된 순수 지향성에서 비롯된 것이다.

한여름에 먹을 오이지가 너무 싱거워 무짠지 몇 개를 오이지 항아리에 넣었다. 항아리 속에서 서로 다른 개체가 만나 다툼이 일 것만 같아 조마조마하다. 딸을 결혼시켜 놓은 화자의 심경을 표출한 것이다. 그러나 며칠 뒤 항아리에서 오이지 하나를 꺼내 맛을 보았다. 무짠지 맛이 배어들어 먼저보다 짭짤하다. 무짠지도 오이지의 새큼한 맛이 배어들어 간간하다. 〈오이지와 무짠지〉는 봄에 결혼한 딸네가 화합하여 잘 살리라는 믿음의 표출이다. 이 수필에 적용한 유추적 표현기법이 눈길을 끈다.

어머니는 '얌전'이란 말 속에 내가 갇혀버린 것을 아신다. 그래서 남들이 "큰 딸이 얌전해 보이네요."하면 "얌전한 게 뭐 좋은 거라구."하면서 요즘도 표정이 일그러지신다.

고무신 한 번 찢어 트려 본 적 없고, 접시 하나 깨뜨려 보지 못한 얌전한 나의 길은, 그래서 숨차게 오를 가플 막도 요새처럼 숨어 있는 한 점 비경도 없이 밋밋하고 구불거릴 뿐이다. 단조로운 구도와 색채의 그저 그런 풍경이다. 좁았다 넓었다 하지도 않는다. 두 사람이 어깨 나란히 하고 걸을 만하다.

　나도 덜그럭 달그락거리며 그릇을 깨고 싶다. 부드러운 능선에 거친 붓질로 솟은 암석이고 싶고, 천길만길 아찔한 낭떠러지이고도 싶다. 그리고 2.0 시력을 홀리는 원색의 풍경이고도 싶다. 그러나 내 안에 고물처럼 들어앉은, 몸집만 불어난 얌전이가 고집불통이다.

— 〈묵은 집에 살다〉 중에서

　화자는 어릴 적부터 '얌전'이란 말에 갇혀 살아 왔다. 그래서 20년이 넘게 한 집에 살며, 30년 넘는 낡은 그릇을 사용하고 있다. 때로는 일탈을 꿈꾸기도 한다. 때로는 아슬아슬한 위험을 무릅써 보고도 싶고, 가끔은 채색 고운 비경秘境도 간직하고 싶다. 그러나 기껏 설거지하며 낡은 그릇을 덜그럭거릴 뿐 깨뜨리지는 못한다. 일탈에 대한 꿈은 잡념雜念일 뿐 내면에 자리 잡은 의식의 틀에서 벗어나지 못한다.

　실현이 불가능한 사념은 갈등을 유발하고 갈등은 활력을 소진한다. 그래서 아저씨가 산중에 차린 가족선방家族禪房을 찾아간다. 선방에 들어 죽비 소리에 온갖 망념을 쫓고 온전한 나를 찾으리라

는 기대가 크다. 그러나 결가부좌結跏趺坐하고 눈을 감으니 뜻하지
않은 온갖 환상이 눈앞을 어지럽힌다.

　어처구니없는 환상에서 깨어나니 몸도 마음도 나부라진다. 창밖의
풍경이 춥고 초라하다. 마당 끝에 서 있는 나무들이 그악스런 겨울바람
에 꺾어질 듯 휘청거린다. 그 모습이 잡념에 휘둘리는 내 속내 같다.
　(중략) 나목으로 서 있는 그들에게서 무게를 느낀다. 무게를 버리고
무게를 느끼게 하는 것. 그것은 꽃으로 잎으로 열매로 너울너울 누렸던
허울을 내려놓기 위한 성찰과 침묵의 무게이다. 그들의 욕심에 눈살을
찌푸리지 않는 까닭이다.
　올가을 쉰 접의 감을 땄다는 마당 끝 감나무도 칼칼한 바람 속에
빈가지로서 있다.

— 〈겨울 산중에서〉에서

　화자에게 깨우침을 준 것은 겨울 산중의 풍경―빈 가지로 겨울
바람에 휘청거리는 나목裸木. 잎도, 꽃도, 열매도 내려놓고 순연
한 모습으로 칼바람을 맞고 서 있는 모습이다. 허울을 벗어버린
가벼움에서 오히려 정신적인 무게를 느낀다.
　겨울 풍경에 의탁하여 사유思惟를 형상화하는 수법, 그리고 역

설적 표현의 적용이 적절하다.

〈서랍과 바랑〉에서는 서랍에 가득한 옷 중에서 입지 않고 쌓아둔 옷들을 추려 버리는 화자의 모습. 그 위에 3부만 채우면 족한 바랑을 메고 일주문 안으로 사라지는 수행승의 뒷모습이 겹친다.

우연히 어느 암자에서 차 대접을 받게 되었다. 그 때 그 곳에서 '수미차' 이야기를 듣게 되었다.

사람들은 차 살 돈이 없으면 찻물이 밴 빈 다기에 맹물을 부어서 마셨다. 가난해서 맹물을 마셨다지만 거기엔 놓쳐선 안 될 뜻이 있다는 것이다. 바로 빈 다기에서 우러나는 차의 맛과 향을 음미할 줄 아는 풍류다.

스님은 낮은 목소리로 수미차의 향을 맡을 수 있을 때 비로소 차를 마실 줄 아는 것이라 했다.

'수미차'란 물 수[水] 맛 미[味] 차 차[茶]. 글자 그대로 맹물이다. 그러나 정말로 수미차를 만들 수 있는 것은 세월이다.

― 〈흔적〉 중에서

예전에 백비탕白沸湯 이야기를 들은 적이 있다. 맹물을 탕기에 부어 끓인 것이라 했다. 아무것도 첨가하지 않았으니 골백번을 끓인들 맹물일 텐데 그것이 특효가 있는 약이라 했다. 그 동안 호사가들의 말장난이겠거니 잊고 지냈는데 〈흔적〉을 읽으며 다시 떠올리게 되었다. 백비탕이나 수미차에 맛이 있을 리 없다. 맹물에 약재를 첨가해야 탕약이 되고, 맹물에 찻잎이나 알곡 가루를 첨가해야 차가 된다는 것은 상식이다. 그런데 백비탕이 불치병을 다스리는 약이요 수미차가 범상한 사람들은 음미조차 할 수 없는 차라니, 이건 역설逆說일시 분명하다.

탕도 차도 물 없이는 끓일 수 없다. 첨가물에 따라 약효가 달라지고 맛에 차이가 나긴 하지만 물은 언제나 그 물이다. 첨가물에 의해 변할 뿐 물은 자아동일성自我同一性을 유지한다. 이는 사람의 삶과 유관하다. 상황이 순연한 자아를 변화시키는 것이다. 그러나 사람이 이에 저항하여 동일성을 견지하기란 지난至難하다. 그러니 맹물인 것이다.

이경수의 수필 대부분은 자아를 중심화두로 제시하고 있다. 사람들 속에서도, 자연 속에서도 대상은 자아를 비추는 거울이 된다. 그만큼 자아천착 작업에 경도傾倒한다.

그 동안 거울을 보지 않기로 했었다. 화장을 해도 별로 달라지지 않는다는 것을 알아챘다. 머지않아 겨울나무처럼 드러날 모습에 거울보기가 두려웠다. 더 솔직히 말하면 거울엔 언제나 볼품없는 내 속내만 비쳤다.

그런데 요즘 나는 거울을 자주 들여다본다. 어딘가에 숨어 있을, 나다운 표정을 찾으려는 것이다. 나다운 것이 어떤 것인지, 구겨진 종이 펴 듯 찌그러진 표정을 이렇게 저렇게 바로 잡아본다. 표정은 얼굴모양이 아니라 내 삶의 모양이기에 말이다.

옛말에, 내 모습을 보려면 거울에 비춰볼 것이 아니라 사람에게 비춰보라 했다. 하지만 나는 나다운 표정을 지을 때까지 아니 내가 나인 것을 알 때까지 거울에 비춰 보기로 했다.

깨진 거울로도 온전한 나를 볼 수 있고, 일렁이는 물속에서도 온전한 나를 볼 수 있도록, 누가 무어라하든 나는 거울 앞에 서서

"거울아, 거울아, 나를 보여 다오." 하고 날마다 주문을 외울 것이다.

—〈거울아, 거울아〉 중에서

주산지의 아름다운 경관 앞에서도 예외는 아니다. 주산지의 왕 버들—100년 넘게 물속에서 산 왕 버들은 그 동안 겪은 고난을 안으로 채워 몸통은 굵은데 키가 작고 가지도 성글다. 그런데도 예사롭지 않은 기운이 감돈다. 화자는 그것이 오랜 고행 끝에 얻은 왕 버들은 왕 버들, 곧 자기는 자기일 뿐이라는 깨달음 때문이라 생각

한다. 그래서 어떤 상황에서도 온전한 나를 볼 수 있게 해 달라고 주문을 외려는 것이다. 자아천착의 결의를 다지고 있다.

장성 백양사 입구에 서 있는 '이 뭐꼬?'라 음각된 돌기둥을 본 적이 있다. '이'는 사람이나 사물을 가리키는 근칭지시대명사近稱指示代名詞요, '뭐꼬'가 의문사疑問詞인 것은 분명한데 이 '이'가 가리키는 게 무엇이며 '뭐꼬'는 무엇에 대한 의문인지 모호했다. 절에 들어오는 사람들에게 어떤 화두話頭를 던지고 있는 것이라 짐작은 되는데 정체를 잡을 수가 없었다. 한동안 머릿속에서 맴돌다가 사라지고 말았다.

그런데 얼마 전, 우연히 어떤 불자佛者가 써놓은 짤막한 글이 그 '이 뭐꼬?'의 정체를 어렴풋이나마 짐작할 수 있는 단초를 제공했다.

(전략) 움직이고 말하는 일들이 수행과 다른 세계일 수가 없는 것이다. 그래서 저 양梁나라 지공指空 스님은 이렇게 말한 것이 아닌지.

"큰 도는 언제나 우리의 귀와 눈앞에 있다. 바로 귀 앞에 있고 바로 눈앞에 있건만, 그것을 보고 듣는 이가 참으로 드물구나. 저 도의 참모습을 깨달으려면 소리며 빛깔이며 말을 떠나지 말아야 한다."

움직이고 말하는 것, 듣고 보는 것은 일상사日常事이다. 이 일상에서 접하는 일 하나하나가 화두이며 이 화두를 가지고 정진하는 것이 불자의 수행이라면 일상에서 접하는 것 하나하나에 작가의 생각과 느낌을 투입하여 문학적 형상화 작업에 정진하는 것은 수필가의 수행일 것이다. 그러한 수필가의 내면에서 수시로 고개를 드는 화두는 '나' 곧 자아이다.

이경수의 대다수 수필은 자아천착, 다시 말하면 진여한 자기를 찾아내려는 힘겨운 작업의 결정結晶이다. 수필을 쓰는 작업이 참선이었을 것이라는 생각을 떨쳐버리기 어렵다. 참선이란 자기를 벽에 가두는 것이거나 묵언默言을 단절하는 것이 아니라 주체성을 확립하여 더 깊고 더 넓은 세계를 향해 자아를 이끄는 수행일 테니 말이다.

속내 깊은 주제를 다루면서도 유연성을 잃지 않은 표현, 화려하지 않으면서도 마음에 와 닿는 부드러운 문장은 단시일에 터득할 수 있는 게 아니다. 거기에 적재적소에 활용한 비유, 묘사, 유추 등의 수사修辭는 수필의 문학적 품격을 높이는 데 기여하고 있다. 그래서 이경수 수필에는 원음圓音 같은 여운이 있다.